四庫全書宋詞別集叢刊

十六

稼軒詞

辛棄疾

四庫全書
宋詞別集
叢刊 十六

商務印書館

欽定四庫全書　　　　集部十

稼軒詞　　　　詞曲類　詞集之屬

提要

臣等謹案稼軒詞四卷宋辛棄疾撰棄疾有美芹十論諸書别著録其詞慷慨縱横有不可一世之槩於倚聲家爲變調而異軍特起能于翦紅刻翠之外屹然别立一宗迄今不廢馬端臨經籍考載稼軒詞四卷又陳振孫

書録解題云信州本十二卷視長沙本為多
此本為毛晉所刻亦為四卷而其總目又注
原本十二卷殆即就信州本而合併之歟其
集舊多譌異如二卷内醜奴兒近一闋前半
是本調殘闕不全自飛流萬壑以下則全首
係洞仙歌蓋因洞仙歌五闋即在此調之後
舊本遂誤割第一首以補前詞之闕而五闋
之洞仙歌遂止存其四近時萬樹詞律中辨

之甚明此本尚未及訂正其中欵輕衫帽幾許紅塵句據調與文義帽字上尚有一脱字樹亦未經勘及斯足證掃葉之喻矣今並詳爲勘正其必不可通而無別本可證者則姑從闕疑之義焉乾隆四十九年八月恭校上

總纂官臣紀昀臣陸錫熊臣孫士毅

總校官臣陸費墀

欽定四庫全書

稼軒詞
提要

二

欽定四庫全書

稼軒詞卷一

宋 辛棄疾 撰

哨遍 秋水觀

蝸角鬬爭左觸右蠻一戰連千里君試思方寸此心微總虛空并包無際喻此理何言泰山毫末從來天地一稊米嗟小大相形鳩鵬自樂之二蟲又何知記跖行仁義孔邱非更殤樂長年老彭悲火鼠論寒氷蠶語熱定

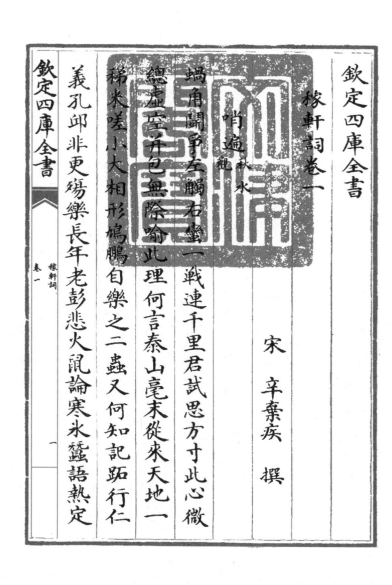

誰同異　噫貴賤隨時連城纔換一羊皮誰與齊萬物

莊周吾夢見之正商略遺篇翩然顧笑空堂夢覺題秋

水有客問洪河百川灌雨涇流不辨涯涘於是焉河伯

欣然喜以天下之美盡在已渺滄溟望洋東視逡巡向

若驚歎謂我非逢子大方達觀之家未免長見悠然笑

耳此堂之水幾何其但清溪一曲而已

又用前韻

一壑自專五柳笑人晚乃歸田里問誰知幾者動之微

望飛鴻冥冥天際論妙理濁醪正堪長醉從今自釀躬
耕米嗟美惡難齊盈虛如代天耶何必人知試回頭五
十九年非侶夢裏歡娛覺來悲變乃憐蚿穀亦亡羊算
來何異　嘻物諱窮時豐狐文豹罪因皮富賫非吾願
遑遑乎欲何之正萬籟都沉月明中夜心彌萬里清如
水卻自覺神遊歸來坐對依稀淮岸江涘看一時魚鳥
忘情喜會我已忘機更忘已又何曾物我相視非魚濠
上遺意要是吾非子但教河伯休慚海若大小均為水

耳世間喜慍更何其笑先生三仕三已

又

趙昌父之祖季思學士退居鄭圃有亭名魚計字文叔通為作古賦令昌父之弟成父於所居鑿池築亭榜以舊名為成父作詩屬余賦哨遍莊周論於蟻棄知於魚得計於羊棄意其義美矣然上文論蟲託於豕而得焚羊肉為蟻所慕而致殘下文將併結二義乃獨置豕蟲不言而遽論魚其義無所從起又間於羊蟻兩句之間使羊蟻之義離不相屬何耶其必有深意存焉顧後人未之曉耳或言蟻得水而死羊得水而病魚得水而活此最穿鑿不成意趣余嘗反復尋繹終未能得意世必有能讀此書而了其義者他日倘見之而問焉姑先識余疑於此詞云爾

池上主人人適忘魚魚適還忘水洋洋乎翠藻青萍裏
相魚兮無便於此嘗試思莊周談兩事一明豕蝨一羊
蟻說蟻慕於羶於蟻棄知又說於羊棄意甚蝨焚於豕
獨忘之卻騶說於魚為得計千古遺文我不知言以我
非子　噫子固非魚魚之為計子焉知河水深且廣風
濤萬頃堪依有網罟如雲鵜鶘成陣過而留泣計應非
其外海茫茫下有龍伯飢時一啖千里更任公吾十犗
為餌使海上人人厭腥味似鵾鵬變化幾東遊入海此

計直以命為嬉古來謬算狂圖五鼎烹死柏為平地嗟魚欲事遠遊時請三思而行可矣

六州歌頭 屬得疾暴甚醫者莫曉其狀小愈困臥無聊戲作以自釋

晨來問疾有鶴止庭隅吾語汝只三事太愁余疾難扶手種青松樹礙梅塢妨花逕纔數尺如人立却須鋤秋水堂前曲沼明於鏡可燭眉髮被山頭急雨耕壟灌泥塗誰使吾廬映污渠歎青山好簷外竹遮欲盡有還無刪竹去吾作可食無魚愛扶疎又欲為山計千百慮

累吾軀　凡病此吾過矣子奚知口不能言臆對雖盧扁藥石難除有要言妙道往問北山愚庶有瘳乎

蘭陵王　賦一丘一壑

一丘壑老子風流占却茅簷上松月桂雲脈脈石泉逗山脚尋思前事錯惱殺晨猿夜鶴終須是鄧禹輩人錦繡麻霞坐黃閣　長歌自深酌看天闊鳶飛淵靜魚躍西風黃菊香噴薄悵日暮雲合佳人何處納蘭結佩帶杜若入江海曾約　遇合事難托莫擊磬門前荷蕢人

過仰天大笑冠簪落待說與窮達不須疑著古來賢者進亦樂退亦樂

又

己未八月二十日夜夢有人以石研屏見餽者其色如玉光潤可愛中有一牛磨角作鬬狀云湘潭里中有張其姓者多力善鬬號張難敵一日與人搏偶敗忿赴河而死居三日其家人來視之浮水上則牛耳自後並水之山往往有此石或得之里中輒不利夢中異之為作詩數百言大抵皆取古之怨憤變化異物等事覺而忘其言後三日賦詞以識其異

恨之極恨極銷磨不得萇弘事人道後來其血三年化為碧鄭人緩也泣吾父攻儒助墨十年夢沈痛化余秋

柏之間既為實　相思重相憶被怨結中腸潛動精魄
望夫江上巖巖立嗟一念中變後期長絕君看啓母憤
所激又俄頃為石　難敵最多力甚一忿沉淵精氣為
物依然困鬬牛磨角用便影入山骨至今雕琢尋思人
世只合化夢中蝶

賀新郎　賦水仙

雲臥衣裳冷看蕭然風前月下水邊幽影羅襪生塵凌
波去湯沐煙波萬頃愛一點嬌黃成暈不記相逢曾解

佩甚多情為我香成陣待和淚收殘粉 靈均千古懷
沙恨記當時悤悤忘把此仙題品煙雨淒迷僝僽損翠
袂搖搖誰整謾寫入瑤琴幽憤絃斷招魂無人賦但金
杯的皪銀臺潤愁殢酒又獨醒

又 賦海棠

著厭霓裳素染臙脂苧羅山下浣沙溪渡誰與流霞千
古醞引得東風相誤從臾入吳宮深處鬢亂釵橫渾不
醒轉越江剗地迷歸路煙艇小五湖去 當時倩得春

留住就錦屏一曲種種斷腸風度纔是清明三月近須要詩人妙句笑援筆慇懃為賦十樣蠻牋紋錯綺粲珠璣淵擲驚風雨重喚酒共花語

又 賦滕王閣

高閣臨江渚訪層城空餘舊迹黯然懷古畫棟朱簾當日事不見朝雲暮雨但遺下西山南浦天宇修眉浮新綠映悠悠潭影恨如故空有恨奈何許 王郎健筆誇翹楚到如今落霞孤鶩競傳佳句物換星移知幾度夢

想珠歌翠舞爲徙倚闌干凝佇目斷平蕪蒼波晚快江風一瞬澄襟暑誰共飲有詩侶

又 賦琵琶

鳳尾龍香撥自開元霓裳曲罷幾番風月最苦潯陽江頭客畫舸亭亭待發記出塞黃雲堆雪馬上離愁三萬里望昭陽宮殿孤鴻没絃解語恨難說 遼陽驛使音塵絶瑣窗寒輕攏慢撚珠淚盈睫推手含情還却手一抹梁州哀徹千古事雲飛煙滅賀老定傷無消息想沉

香亭北繁華歇彈到此爲嗚咽

又

柳暗凌波路送春歸猛風暴雨一番新緑千里瀟湘蘭蒲漲人解扁舟欲去又檣燕留人相語艇子飛來生塵步唾花寒唱我新番句波似箭催鳴櫓　黄陵祠下山無數聽湘娥冷冷曲罷為誰情苦行到東吳春已暮正江濶潮平穩渡望金雀觚稜翔舞前度劉郎今重到問玄都千樹花存否愁為倩么絃訴

又

陳同父自東陽來過余留十日與之同游鵝湖且會朱晦菴於紫溪不至飄然東歸既别之明日余意中殊戀戀復欲追路至鷺鷥林則雪深泥滑不得前矣獨飲方村悵然久之頗恨挽留之不遂也夜半投宿吴氏泉湖四望樓聞鄰笛悲甚為賦乳燕飛以見意又五日同父書來索詞心所同然者如此可發千里一笑

把酒長亭説看淵明風流酷似卧龍諸葛何處飛來林間鵲蹙踏松梢殘雪要破帽多添華髪剩水殘山無態度被疎梅料理成風月兩三鴈也蕭瑟　佳人重約還輕别悵清江天寒不渡水深冰合路斷車輪生四角此

地行人銷骨問誰使君來愁絕鑄就而今相思錯料當初費盡人間鐵長夜笛莫吹裂

又 同父見和再用韻答之

老大那堪說似而今元龍臭味孟公瓜葛我病君來高歌飲驚散樓頭飛雪笑富貴千鈞如髮硬語盤空誰來聽記當時只有西窗月重進酒換鳴瑟 事無兩樣人心別問渠儂神州畢竟幾番離合汗血鹽車無人顧千里空收駿骨正目斷關河路絕我最憐君中宵舞道男

兒到此心如鐵看試手補天裂

又
用前韻贈金華杜仲高

細把君詩說怳餘音鈞天浩蕩洞庭膠葛千丈陰崖塵不到惟有層氷積雪乍一見寒生毛髮自昔佳人多薄命對古來一片傷心月金屋冷夜調瑟　去天尺五君家別看乘空魚龍慘淡風雲開合起望衣冠神州路白日銷殘戰骨歎夷甫諸人清絕夜半狂歌悲風起聽錚錚陣馬簷間鐵南共北正分裂

又 三山雨中游西湖有懷趙丞相

翠浪吞平野挽天河誰來照影臥龍山下煙雨偏宜晴更好約略西施未嫁待細把江山圖畫千頃光中堆灩澦似扁舟欲下瞿塘馬中有句浩難寫　詩人例入西湖社記風流重來手種綠成陰也陌上游人誇故國十里水晶臺榭更復道橫空清夜粉黛中洲歌妙曲問當年魚鳥無存者堂上燕又長夏

又 和前韻

覓句如東野想錢塘風流處士水仙祠下更憶小孤煙
浪裏望斷彭郎欲嫁是一色空濛難畫誰解胸中吞雲
夢試呼來艸賦看司馬須更把上林寫　雞豚舊日漁
樵社問先生帶湖春漲幾時歸也為愛瑠璃三萬頃正
臥水亭煙榭對玉塪激灩溟夜鴈鶩如雲休報事被詩
逢敵手皆勍者春艸夢也宜夏
又　又和前韻
碧海成桑野笑人間江翻平陸水雲高下自是三山顏

色好更看雨婚煙嫁料未必龍眠能畫擬向詩人求幼婦倩諸君妙手皆談馬須進酒爲陶寫　回頭鷗鷺瓢泉社莫吟詩莫抛酒尊是吾盟也千騎而今遮白髮忘却滄浪亭榭但記得灞陵呵夜我輩從來文字飲怕壯懷激烈須歌者蟬噪也緑陰夏

又　別茂嘉十二弟鵜鴂杜鵑實兩種見離騷補註

緑樹聽鵜鴂更那堪鷓鴣聲住杜鵑聲切啼到春歸無尋處苦恨芳菲都歇筭未抵人間離別馬上琵琶關塞

黑更長門翠輦辭金闕看燕燕送歸妾　將軍百戰身名裂向河梁回頭萬里故人長絶易水蕭蕭西風冷滿座衣冠似雪正壯士悲歌未徹啼鳥還知如許恨料不啼清淚長啼血誰共我醉明月

又　題趙兼善龍閣東山小魯亭

下馬東山路恍臨風周情孔思悠然千古寂寞東家老在在縹緲危亭小魯試重上巖巖高處更憶公歸西悲日正濛濛陌上多零雨嗟費却幾章句　謝公雅志還

成趣記風流中年懷抱長攜歌舞政爾良難君臣事晚
聽秦箏聲苦快滿眼松篁千畝把似渠垂功名淚算何
如且作溪山主雙白鳥又飛去

又 題傅君用山園

曾與東山約為儵魚從容分得清泉一勺堪笑高人讀
書處多少松窗竹閣甚長被遊人占却萬卷何言達時
用士方窮早與人同樂新種得幾花藥 山頭怪石蹲
秋鶚俯人間塵埃野馬孤撐高攫拄杖危亭扶未到已

覺雲生兩脚更換却朝來手髮此地千年曾物化莫呼猿且自多招鶴吾亦有一邱壑

又用韻題趙晉臣敷文積翠巖余謂當築陂於其前

拄杖重來約到東風洞庭張樂滿空簫勺巨海拔犀頭角出東向北山高閣尚依舊爭前又却老我傷懷登臨際問何方可以平哀樂唯是酒萬金藥　勸君且作横空鶚更休論人間腥腐紛紛烏攫九萬里風斯在下翻覆雲頭雨脚快直上崑崙濯髮好卧長虹陂千里是誰

言聽取雙黄鶴攜翠影浸雲壑

又 韓仲止判院山中見訪席上用前韻

聽我三章約有談功談名者無談經深酌作賦相如親滌器識字子雲投閣算枉把精神費却此會不如公榮者莫呼來政爾妨人樂醫俗士苦無藥　當年衆鳥看孤鶚意飄然横空直把曹吞劉攫老我山中誰是伴須信窮愁有脚似剪盡還生僧髮自斷此生天休問倩何人説與乘軒鶴吾有志在邱壑

又邑中園亭僕皆為賦此詞一日獨坐停雲水聲山色競來相娛意溪山欲援例者遂作數語庶幾彷彿淵明思親友之意云

甚矣吾衰矣悵平生交游零落只今餘幾白髮空垂三千丈一笑人間萬事問何物能令公喜我見青山多嫵媚料青山見我應如是情與貌略相似　一尊搔首東窗裏想淵明停雲詩就此時風味江左沈酣求名者豈識濁醪妙理回首叫雲飛風起不恨古人吾不見恨古人不見吾狂耳知我者二三子

又 再用前韻

鳥倦飛還矣笑淵明缾中儲粟有無能幾蓮社高人留翁語我醉寧論許事試沽酒重斟翁喜一見蕭然音韻古想東籬醉臥參差是千載下竟誰似　元龍百尺高樓裏把新詩慇懃問我停雲情味北夏門高從拉攞何事須人料理翁會道繁華朝起塵土人言寧可用顧青山與我何如耳歌且和楚狂子

又 題傅巖叟悠然閣

路入門前柳到君家悠然細說淵明重九晚歲凄其無諸葛惟有黃花入手更風雨東籬依舊頻顧南山高如許是先生拄杖歸來後山不記何年有　是中不減康廬秀倩西風為吾喚起翁能來否鳥倦飛還平林去雲自無心出岫賸準備新詩幾首欲辨忘言當年意慨遥遥我去羲農久天下事可無酒

又　用前韻再賦

肘後俄生柳歎人生不如意事十常八九右手淋浪才

有用閒卻持螯左手謾贏得傷今感舊投閣先生惟寂寞笑是非不了身前後持此語問烏有　青山幸自重重秀問新來蕭蕭木落頗堪秋否總被西風都瘦損依舊千巖萬岫把萬事無言搔首翁比渠儂人誰好是我常與我周旋久寧作我一盃酒

又

嚴和之好古博雅以嚴本莊姓取蒙莊子陵之事曰濮上曰濮梁曰齊澤曰嚴瀨爲四圖屬余賦詞余爲蜀君平之高揚子雲所謂雖隋和何以加諸者班孟堅獨取子雲所稱述爲王貢諸傳序引不敢以其姓名列諸傳尊之也故余謂和之當併圖君平像置之四圖之間庶幾嚴氏

之高節僃焉作乳燕飛詞使歌之

濮上看垂釣更風流羊裘澤畔精神孤矯楚漢黃金公卿印比看漁竿誰小但過眼纔堪一笑惠子焉知濠梁樂望桐江千丈高臺好煙雨外幾魚鳥　古來如許高人少細平章兩翁似與巢由同調已被堯知方洗耳畢竟塵汙人了要名字人間如掃我愛蜀莊沈冥者解門前不使徵車到君為我盡三老

又　和徐斯遠下第謝諸公載酒韻

逸氣軒眉宇，似王良輕車熟路，驊騮欲舞。我覺君非池中物，咫尺蛟龍雲雨。時與命猶須天賦。蘭佩芳菲無人問，歎靈均欲向重華訴。空鬱鬱，共誰語。　兒曹不料揚雄賦。恠當年甘泉誤說，青葱玉樹。風引船回滄溟闊，目斷三山伊阻。但笑指吾廬何許。門外蒼官三百輩，盡堂堂八尺鬚髯古。誰載我，帶湖去。

念奴嬌　書東流村壁

野塘花落，又匆匆過了，清明時節。剗地東風欺客夢，一桃雲屏寒怯曲岸持觴垂楊繫馬此地曾輕别樓空人去舊遊飛燕能説　聞道綺陌東頭行人曾見簾底纖纖月舊恨春江流不斷新恨雲山千疊料得明朝尊前重見鏡裏花難折也應驚問近來多少華髮

又　登建康賞心亭呈史留守致道

我來弔古上危樓贏得閒愁千斛虎踞龍盤何處是只有興亡滿目柳外斜陽水邊歸鳥隴上吹喬木片帆西去一聲誰噴霜竹　却憶安石風流東山歲晚淚落哀

箏曲兒輩功名都付與長日惟消碁局寶鏡難尋碧雲將暮誰勸盃中緑江頭風怒朝來波浪翻屋

又 西湖和人韻

晚風吹雨戰新荷聲亂明珠蒼壁誰把香奩收寶鏡雲錦周遭紅碧飛鳥翻空遊魚吹浪慣趂笙歌席坐中豪氣看君一飲千石　遥想處士風流鶴隨人去已作飛僊客莇舍踈籬今在否松竹已非疇昔欲說當年望湖樓下水與雲寬窄醉中休問斷腸桃葉消息

又 和韓南澗載酒見過雲樓觀雪

兔園舊賞悵遺蹤飛鳥千山都絶縞帶銀盃江上路惟有南枝香别萬事新奇青山一夜對我頭先白倚巖千樹玉龍飛上瓊闕　莫惜霧鬢雲鬟試教騎鶴去約尊前月自與詩翁磨凍硯看掃幽蘭新闋便擬明年人間揮汗留斫層冰潔此君何事晚來曾為腰折

又 賦雨巖効朱希真體

近來何處有吾愁何處還知吾樂一點凄涼千古意獨

倚西風寥闊剪竹尋泉和雲種樹喚做真閒箇此心閒處未應長籍邱壑　休說往事皆非而今覺是且把酒尊酹醉裏不知誰是我非月非雲非鶴露冷松梢風高桂子醉了還醒却北窗高臥莫教啼鳥驚著

又　叟陸和陳仁和韻

少年橫槊氣憑陵酒聖詩豪餘事袖手傍觀初未識兩兩三三而已變化須臾鷗翻石鏡鵲抵星橋外擣殘秋練玉砧猶想纖指　堪笑千古爭心等閒一勝拚了光

陰賫老子忘機渾謾與鴻鵠飛來天際武媚宫中韋娘局上休把興亡記布衣百萬看君一笑沉醉

又 賦白牡丹和范先之韻

對花何似似吳宫初教翠圍紅陣欲笑還愁羞不語惟有傾城嬌韻翠蓋風流牙籤名字舊賞那堪省天香染露曉來衣潤誰整　最愛弄玉團酥就中一朶曾入揚州詠華屋金盤人未醒燕子飛來春盡最憶當年沉香亭北無限春風恨醉中休問夜深花睡香冷

又 和信守王道夫席上韻

風狂雨横是邀勒園林幾多桃李待上層樓無氣力塵滿欄干誰倚傷火添衣移香就枕莫捲朱簾起元宵過也春寒猶自如此　為問幾日新晴鳩鳴屋上鵲報簷前喜揩拭老來詩句眼要看拍堤春水月下憑肩花邊繫馬此興今休矣溪南酒賤光陰只在彈指

又 戲贈善作墨梅者

江南盡處墮玉京僊子絶塵英秀彩筆風流偏解寫姑

射氷姿清瘦笑殺春工細窺天巧妙絶應難有丹青圖畫一時都愧凡陋　還似籬落孤山嫩寒清曉秪欠香沾袖淡竚輕盈誰付與弄粉調朱纎手疑是花神揭來人世占得佳名久松篁佳韻倩君添做三友

又 題梅

疎疎淡淡問阿誰堪比太真顔色笑殺東君虚占斷多少朱朱白白雪裏温柔水邊明秀不借春工力骨清香嫩迥然天與奇絶　嘗記寳籞寒輕瑣窗睡起玉纎輕

摘漂泊天涯空瘦損猶有當年標格萬里風煙一溪霜月未怕欺他得不如歸去閬風有箇人惜

又 瓢泉酒酣和東坡韻

倘來軒冕問還是今古人間何物舊日重城愁萬里風月而今堅壁藥籠功名酒壚身世可惜蒙頭雪浩歌一曲坐中人物三傑　休歎黃菊凋零孤標應也有梅花爭發醉裏重揩西望眼惟有孤鴻明滅萬事從教浮雲來去枉了衝冠髮故人何在長庚應伴殘月

又 再用韻和洪莘之通判丹桂詞

道人元是道家風來作煙霞中物熅裁犀遮不定紅透玲瓏油壁借得春工惹將秋露薰做江梅雪我評花譜便應推此為傑　憔悴何處芳枝十郎手種看明年花發生斷虛空香色界不怕西風起滅別駕風流多情更要簪滿嫦娥髮等閒折盡玉斧重倩修月

又

洞庭春晚舊傳恐是人閒尤物收拾瑶池傾國艷來向

朱欄一壁透户龍香隔簾鶯語料得肌如雪月妖真態是誰教避人傑　酒罷歸對寒窗相留昨夜應是梅花發賦了高唐猶想像不管孤燈明滅半面難期多情易感愁幾點星星髮繞梁聲在為伊忘味三月

又 趙晉臣敷文十月望生日自賦詞屬余和韻

看公風骨似長松磊落多生奇節世上兒曹都蓄縮凍芋旁堆秋瓞結屋溪頭境隨人勝不是江山別紫雲如陣妙歌爭唱新闋　尊酒一笑相逢與公臭味菊花蘭

須悦天上四時調玉燭萬事宜詢黄髪看取東歸周家叔父手把元龜説祝公長似十分今夜明月

又 和趙國興知録韻

為沽美酒過溪來誰道幽人難致更覺元龍樓百尺湖海平生豪氣自歎年來看花索句老不如人意東風歸路一川松竹如醉　怎得身似莊周夢中蝴蝶花底人間世記取江頭三月暮風雨不為春計萬斛愁來金貂頭上不抵銀瓶貰無多笑我此篇聊當賓戲

又 重九席上

龍山何處記當年高會重陽佳節誰與老兵共一笑落帽參軍華髮莫倚忘懷西風也解點檢尊前客淒涼今古眼中三兩飛蝶　須信采菊東籬千載之上只有陶彭澤愛說琴中如得趣絃上何勞聲切試把空林翁還肯道何必盃中物臨風一笑請翁同醉今夕

又 用韻荅傅先之提舉

君詩好處似鄒魯儒家還有奇節下筆如神彊押韻遺

恨都無毫髮炙手炎來掉頭冷去無限長安客丁寧黄菊未消勾引蜂蝶　天上絳闕清都聽君歸去我自癯山澤人道君才剛百練美玉都成泥切我愛風流醉中傾倒邱壑胸中物一盃相屬莫孤風月今夕

又　賦傅巖叟香月堂兩梅

未須草草賦梅花多少騷人詞客総被西湖林處士不肯分留風月踈影横斜暗香浮動把斷春消息試將花品細參今古人物　看取香月堂前歲寒相對楚龔之

潔白與詩家成一種不係南昌仙籍怕是當年香山老子姓白名來江國謫人仙字太白還又名白

又

余既為傳巖叟兩梅賦詞傳君用席上有請云家有四古梅今百年矣未有一品題乞援香月堂例欣然許之且用前篇體製戲賦

是誰調護歲寒枝都把蒼苔封了茆舍疎籬江上路清夜月高山小摸索應知曹劉沈謝何況霜天曉芬芳一世料君長被花惱　惆悵立馬行人一枝最愛竹外横斜好我向東鄰曾醉裏喚起詩家二老柱杖而今婆娑

雪裏又識商山皓請君置酒看渠與我傾倒

沁園春 帶湖新居將成

三徑初成鶴怨猿驚稼軒未來甚雲山自許平生意氣衣冠人笑抵死塵埃意倦須還身閒貴早豈為蓴羹鱸鱠哉秋江上看驚絃雁避駭浪船回　東岡更葺茅齋好都把軒窗臨水開要小舟行釣先應種柳疎籬護竹莫礙觀梅秋菊堪餐春蘭可佩留待先生手自栽沉吟久怕君恩未許此意徘徊

欽定四庫全書

又 送趙景明知縣東歸再用前韻

佇立瀟湘黄鵠高飛望君未來快東風吹斷西江對語急呼斗酒旋拂塵埃却怪英姿有如君者猶欠封侯萬里哉空贏得道江南佳句只有方回 錦帆畫舫行齋帳雪浪粘天江景開記我行南浦送君折柳君逢驛使為我攀梅落帽山前呼鷹臺下人道花須滿縣栽都休問看雲霄高處鵬翼徘徊

又 戊申歲奏邸忽騰報謂余以病挂冠因賦此

老子平生笑盡人間兒女怨根況白頭能幾定應獨往
青雲得意見說長存抖擻衣冠憐渠無恙合挂當年神
武門都如夢算能爭幾許雞曉鐘昏　此心無有新寃
況抱甕年來自灌園但淒凉顧影頻悲往事慇勤對佛
欲問前因却怕青山也妨賢路休鬬尊前見在身山中
友試高吟楚些重與招魂

又

期思舊呼奇獅或云棊獅皆非也余考之荀卿
書云孫叔敖期思之鄙人也期思屬弋陽郡此
地舊屬弋陽縣雖古之弋陽期思見之圖記者
不同然有弋陽則有期思也橋壞復成父老請

余賦作沁園
春以證之

有美人兮玉佩瓊琚吾夢見之問斜陽猶照漁樵故里
長橋誰記今古期思物化蒼茫神遊彷彿春與猿吟秋
鶴飛還驚嘯向晴波忽見千丈虹霓　覺來西望崔嵬
更上有青楓下有溪待空山自薦寒氷秋菊中流却送
桂棹蘭旗萬事長嗟百年雙鬢吾非斯人誰與歸憑闌
久正清愁未了醉墨休題

又　答余
　　叔良

我試評君君定何如玉川似之記李花初發乘雲共語梅花開後對月相思白髮重來畫橋一望秋水長天孤鶩飛同吟處看珮摇明月衣捲青霓　相君高節崔嵬是此處耕巖與釣溪被西風吹盡村簫社鼓青山留得松蓋雲旗弔古愁濃懷人日暮一片心從天外歸新詞好似淒涼楚些字字堪題

又答楊世長

我醉狂吟君作新聲倚歌和之算芬芳定向梅間得意

輕清多是雪裏尋思朱雀橋邊何人會道野草斜陽春燕飛都休問甚元無霽雨却有晴霓　詩壇千丈崔嵬更有筆如山雲作溪著君才未數曹劉敵手風騷合受屈宋降旗誰識相如平生自許慷慨須乘駟馬歸長安路問垂虹千柱何處曾題

又　靈山齊菴賦時築偃湖未成

疊嶂西馳萬馬回旋衆山欲東正驚湍直下跳珠倒濺小橋橫截缺月初弓老合投閑天教多事檢校長身十

萬松吾廬小在龍蛇影外風雨聲中　爭先見面重重看爽氣朝來三四峰似謝家子弟衣冠磊落相如庭户車騎雍容我覺其間雄深雅健如對文章太史公新堤路問偃湖何日煙水濛濛

又賦弄溪

有酒忘杯有筆忘詩弄溪奈何看從横斗轉龍蛇起陸崩騰决去雪練傾河嫋嫋東風悠悠倒影摇動雲山水又波還知否欠菖蒲攢港緑竹緣坡　長松誰剪嵯峩

笑野老來耘山上禾算只因魚鳥天然自樂非關風月
閒處偏多芳艸春深佳人日暮濯髮滄浪獨浩歌裴回
久人間有誰似老子婆娑

又 朝思 卜築

一水西來千丈晴虹十里翠屏喜艸堂經歲重來杜老
斜川好景不負淵明老鶴高飛一枝移宿長笑蝸牛戴
屋行平章了待十分佳處著箇茅亭 青山意氣崢嶸
似為我歸來嫵媚生解頻教花鳥前歌後舞更催雲水

暮送朝迎酒聖詩豪可能無勢我乃而今駕馭卿清溪上被山靈却笑白髮歸耕

又 將止酒戒酒杯使勿近

盃汝前來老子今朝點檢形骸甚長年抱渴咽如焦釜于今喜溢氣似犇雷漫説劉伶古今達者醉後何妨死便埋渾如許歎汝於知已真少恩哉 更憑歌舞為媒算合作人間鴆毒猜況疾無小大生於所愛物無美惡過則為災與汝成言勿留亟退吾力猶能肆汝盃盃再

拜道麾之即去有召須來

又

城中諸公載酒入山余不得以止酒為解遂破戒一醉再用韻

盃汝知乎酒泉罷侯鴟夷乞骸更高陽入謁都稱虀臼杜康初筮正得雲雷細數從前不堪餘恨歲月都將麯糵埋君詩好似提壺却勸沽酒何哉　君言病豈無媒似壁上雕弓蛇暗猜記醉眠陶令終全至樂獨醒屈子未免沈菑欲聽公言慚非勇者司馬家兒解覆盃還堪笑借今宵一醉為故人來

又 用邴原事壽趙茂嘉郎中時以置兼濟倉賑濟里中除直秘閣

甲子相高亥首曾疑絳縣老人看長身玉立鶴般風度方頤炯目虎様精神文爛卿雲詩凌鮑謝筆勢駸駸更右軍渾餘事羙僊都夢覺金閣名存　門前父老忻忻煥奎閣新褒詔語温記他年帷幄須依日月只今劒履快上星辰人道陰功天教多壽看到貂蟬七葉孫君家裏是幾枝丹桂幾樹靈椿

又 和吳子似縣尉

我見君來頓覺吾廬溪山美哉悵平生肝膽都成楚越只今膠漆誰是陳雷搔首踟躕愛而不見要得詩來渴望梅還知否恄清風入手日看千回　直須抖擻塵埃人怪我柴門今始開向松間乍可從他喝道庭中切莫踏破蒼苔豈有文章謾勞車馬待喚青芻白飯來君非我任功名意氣莫恁徘徊

水調歌頭　舟次揚州和楊濟翁周顯先韻

落日塞塵起胡馬獵清秋漢家組練十萬列艦聳層樓

誰道投鞭飛渡憶昔鳴鏑血污風雨佛貍愁季子正年少匹馬黑貂裘　今老矣搔白首過揚州倦游欲去江上手種橘千頭二客東南名勝萬卷詩書事業嘗試與君謀莫射南山虎直覓富平侯

又

落日古城角把酒勸君留長安路遠何事風雪獘貂裘散盡黃金身世不管秦樓人怨歸計狎沙鷗明夜扁舟去和月載離愁　功名事身未老幾時休詩書萬卷致

身須到古伊周莫學班超投筆縱得封侯萬里憔悴老邊州何處依劉客寂寞賦登樓

又 淳熙丁酉自江陵移帥隆興到官之二月被召司馬監趙卿王漕餞別司馬賦水調歌頭席間次韻時王公明樞密薨坐客終夕為興門戶之歎故前章及之

我飲不須勸正怕酒尊空別離亦復何恨此別恨匆匆頭上貂蟬貴客花外麒麟高塚人世竟誰雄出門一笑去千里落花風　孫劉輩能使我不為公余髮種種如是此事付渠儂但得平生湖海除了醉吟風月此外百

無功毫髪皆帝力更乞鑑湖東

又 淳熙己亥自湖北漕移湖南周總領王漕趙守置酒南樓席上留别

折盡武昌柳挂席上瀟湘二年魚鳥江上笑我往來忙富貴何時休問離别中年堪恨憔悴鬢成霜絲竹陶寫耳急羽且飛觴　序蘭亭歌赤壁繡衣香使君千騎鼓吹風采漢侯王莫把離歌頻唱可惜南樓佳處風月已淒涼在家貧亦好此語試平章

又 盟鷗

帶湖吾甚愛千丈翠奩開先生杖屨無事一日走千回凡我同盟鷗鷺今日既盟之後來往莫相猜白鶴在何處嘗試與偕來　破青萍排翠藻立蒼苔窺魚笑汝癡計不解舉吾盃廢沼荒邱疇昔明月清風此夜人世幾歡哀東岸綠陰少楊柳更須栽

又　湯朝美司諫見和用韻為謝

白日射金闕虎豹九關開見君諫疏頻上談笑挽天回千古忠肝義膽萬里蠻煙瘴雨往事莫驚猜政恐不免

耳消息日邊來　笑吾廬門掩艸徑封苔未應兩手無用要把蟹螯盃説劒論詩餘事醉舞狂歌欲倒老子頗堪哀白髮寧有種一一醒時栽

又　嚴子文同傅安道和前韻因再和謝之

寄我五雲字恰向酒邊開東風過盡歸雁不見客星回均道瑣窗風月更著詩翁杖屨合作雪堂猜子文作雪齋寄書云近以旱無以延客　歲旱莫留客霖雨要渠來　短燈檠長劒鋏欲生苔雕弓挂壁無用照影落清盃多病關心藥裹小

摘親鉏菜甲老子政須衮夜雨北窗竹更倩野人栽

又 和趙景明知縣韻

官事未易了且向酒邊來君如無我問君懷抱向誰開但放平生邱壑莫管傷人嘲罵深蟄要驚雷白髮還自嘯何地置衮頹　五車書千石飲百篇才新詞未到瓊瑰先夢滿吾懷已過西風重九且要黄花入手詩興未闌梅君要花滿縣桃李趁時栽

又 壽趙漕介菴

千里渥洼種名動帝王家金鑾當日奏艸落筆萬龍蛇帶得無邊春下等待江山都老教看鬢方鴉莫管錢流地且擬醉黄花　喚雙成歌弄玉舞緑華一觴為飲千歲江海吸流霞聞道清都帝所要挽銀河仙浪西北洗胡沙回首日邊去雲裏認飛車

又　和王政之右司吳江觀雪見寄

造化故豪縱千里玉鸞飛等閒更把萬斛瓊粉蓋玻瓈好卷垂虹千丈只放氷壺一色雲海路應迷老子舊游

處回首夢耶非　謫仙人鷗鳥伴兩忘機掀髯把酒一笑詩在片帆西寄語煙波舊侶聞道蓴鱸正美休裂芰荷衣上界足官府汗漫與君期

又 九日遊雲洞和韓南澗尚書韻

今日復何日黄菊為誰開淵明謾愛重九胷次正崔嵬酒亦關人何事政自不能不爾誰遣白衣來醉把西風扇隨處障塵埃　為公飲須一日三百盃此心高處東望雲氣見蓬萊翳鳳驂鸞公去落佩倒冠吾事抱病且

登臺歸路踏明月人影共徘徊

又 再用韻呈南澗

千古老蟾口雲洞插天開漲痕當日何事洶湧到崔嵬攫土摶沙兒戲翠谷蒼崖幾變風雨化人來萬里須臾耳野馬驟空埃　笑年來蕉鹿夢畫蛇盃黃花憔悴風露野碧漲荒萊此會明年誰健後日猶今視昔歌舞只空臺愛酒陶元亮無酒正徘徊

又 再用韻李子永提幹

君莫賦幽憤一語試相開長安車馬道上平地起崔嵬我愧淵明久矣猶借此翁湔洗素壁寫歸來斜日透虚隙一線萬飛埃　斷吾生左持蟹右持盃買山自種雲樹山下劚煙萊百鍊都成繞指萬事直須稱好人世幾輿臺劉郎更堪笑剛賦看花回

又　慶韓南澗尚書七十

上古八千歲纔是一春秋不應此日剛把七十壽君侯看取垂天雲翼九萬里風在下與造物同游君欲計歲

月嘗試問莊周　醉淋浪歌窈窕舞温柔從今杖屨南澗白日為君留聞道鈞天帝所頻上玉巵春酒冠盖擁龍樓快上星辰去名姓動金甌

又　席上用黄徳和推官韻壽南澗

上界足官府公是地行僊青氊劒履舊物玉立近天顔莫恠新來白髮恐是當年柱下道徳五千言南澗舊活計猿鶴且相安　歌秦缶寶康瓠世皆然不知清廟鐘磬零落有誰編莫問行藏用舍畢竟山林鐘鼎底事有

虧全再拜荷公賜雙鶴一千年公以雙鶴見壽

又和信守鄭舜舉蕨菴韻

萬事到白髮日月幾西東羊腸九折岐路老我慣經從竹樹前溪風月鷄酒東家父老一笑偶相逢此樂竟誰覺天外有冥鴻　味平生公與我定無同玉堂金馬自有佳處著詩翁好鎖雲煙窗户怕入丹青圖畫飛去了無蹤此語更癡絶真有虎頭風

又送守信王桂發

酒罷且勿起重挽使君鬚一身都是和氣別去意何如我輩情鍾休問父老田頭說君淚落獨憐渠秋水見毛髮千尺定無魚　望青闕左黃閣右紫樞東風桃李陌上下馬拜除書屈指吾生餘幾多病妨人痛飲此事正愁余江湖有歸雁能寄艸堂無

又 送鄭厚卿赴衡州

寒食不少住千騎擁春衫衡陽石鼓城下記我舊停驂襟以瀟湘桂嶺帶以洞庭青艸紫盖屹西南文字起騷

雅刀劒化新蠶　看使君於此事定不凡奮鬚抵几堂
上尊俎自高談莫信君門萬里但使民歌五袴歸詔鳳
凰啣君去我誰飲明月影成三

又

提朝李君索余賦野秀綠遶二詩余詩尋醫久矣姑合二榜之意賦水調歌頭以遺之然君才氣不減流輩豈求田問舍而獨樂身耶

文字覷天巧亭榭定風流平生丘壑歲晚也作稻粱謀
五畝園中秀野一水田將綠遶䆉稏不勝秋飽飯對花
竹可是便忘憂　吾老矣探禹穴欠東遊君家風月幾

許白馬去悠悠揷架牙籤萬軸射虎南山一騎容我攬鬚不更欲勸君酒百尺卧高樓

又

元日投宿博山寺見者驚歎其老

頭白牙齒缺君勿笑衰翁無窮天地今古人在四之中臭腐神奇俱盡貴賤賢愚等耳造物也兒童老佛更堪笑談妙説虚空 坐堆隧行答颯立龍鍾有時三盞兩盞淡酒醉濛鴻四十九年前事一百八盤狹路拄杖倚牆東老景竟何似只與少年同

又 送楊民瞻

日月如磨蟻萬事且浮休君看簷外江水滾滾自東流風雨瓢泉夜半花艸雪樓春到老子已菟裘歲晚問無恙歸計橘千頭 夢連環歌彈鋏賦登樓黃鶴白酒君去村社一番秋長劒倚天誰問夷甫諸人堪笑西北有神州此事君自了千古一扁舟

又 送施樞密聖與帥江西信之讖云

相公倦台鼎要伴赤松遊高牙千里冬夏笳鼓萬貔貅

試問東山風月更著中年絲竹留得謝公不孺子宅邊水雲影自悠悠　占古語方人也正黑頭穹龜突几千丈石打玉溪流金印沙堤時節畫棟珠簾雲雨一醉早歸休賤子祝再拜西北有神州

又　壬子三山被召陳端仁給事飲餞席上作

長恨復長恨裁作短歌行何人為我楚舞聽我楚狂聲余既滋蘭九畹又樹蕙之百畮秋菊更餐英門外滄浪水可以濯吾纓　一盃酒問何似身後名人間萬事毫

髮常重泰山輕悲莫悲生離別樂莫樂新相識兒女古今情富賢非吾事歸與白鷗盟

又 題張晉英提舉玉峰樓

木末翠樓出詩眼巧安排天公一夜削出四面玉崔嵬疇昔此山安在應為先生見晚萬馬一時來白鳥飛不盡却帶夕陽回 勸君飲左手蟹右手盃人間萬事變滅今古幾池臺君看莊生達者猶對山林皐壤哀樂未忘懷我老尚能賦風月試追陪

又 三山用趙丞相韻畣帥幕王君且有感於中秋近事併見之末章

說與西湖客觀水更觀山淡妝濃抹西子喚起一時觀種柳人今天上對酒歌翻水調醉墨捲秋瀾老子興不淺歌舞莫教閒　看尊前輕聚散少悲歡城頭無限今古落日曉霜寒誰唱黄雞白酒猶記紅旗清夜千騎月臨關莫說西州路且盡一盃看

又 即席和金華杜仲高韻併壽諸友惟醻乃佳耳

萬事一盃酒長歎復長歌杜陵有客剛賦雲外築婆娑

須信功名兒輩誰識年來心事古井不生波種種看余髮積雪就中多　二三子問丹桂倩素娥平生螢雪男兒無奈五車何看取長安得意莫恨春風看盡花柳自蹉跎今夕且歡笑明月鏡新磨

又醉吟

四坐且勿語聽我醉中吟池塘春艸未歇高樹變鳴禽鴻雁初飛江上蟋蟀還來牀下時序百年心誰要卿料理山水有清音　歡多少歌長短酒杯淺而今已不如

昔後定不如今閒處直須行樂良夜更教秉燭高會惜分陰白髪短如許黄菊倩誰簪

又 題趙晉臣敷文真得歸方是閣

十里深窈窕萬瓦碧參差青山屋上流水屋下緑横溪真得歸來嘯語方是閒中風月剩費酒邊詩點檢笙歌了琴罷更園碁 王家竹陶家柳謝家池知君勲業未了不是枕流時莫向癡兒説夢且作山人索價頗怪鶴書遲一事定嗔我已辦北山移

又 賦傳巖叟悠然閣

歲歲有黃菊千載一東籬悠然政須兩字長笑退之詩自古此山元有何事當時纔見此意有誰知君起更斟酒我醉不須辭　回首處雲正出鳥倦飛重來樓上一句端的與君期都把軒窗寫遍更使兒童誦得歸去來兮辭萬卷有時用植杖且耘耔

又 題吳子似瑱山堂經德堂陸象山取名也

喚起子陸子經德問何如萬鍾於我何有不負古人書

聞道千章松桂剩有四時柯葉霜雪歲寒餘此是填山境還似象山無　耕也餒學也禄孔之徒青山畢竟升斗此意頗關渠天地清寧高下日月東西寒暑何用著工夫兩字君勿惜借我榜吾廬

又　賦松菊堂

淵明最愛菊三徑也栽松何人收拾千載風味此山中手把離騷讀遍自掃落英餐罷杖屨曉霜濃皎皎大獨立更插萬芙蓉　水潺湲雲澒洞石巃嵸素琴濁酒喚

客端有古人風却怪青山能巧政爾横看成嶺轉面已
成峰詩句得活法日月有新工

又
將遷新居不成戲作時以病止酒且遣去歌者末章及之

我亦卜居者歲晚望三閭昂昂千里泛泛不作水中鳧
好在書攜一束莫問家徒四壁缺

舞烏有歌亡是飲子虚二三子者愛
我此外故人踈幽事欲論誰共白鶴飛來似可忽去復
何如衆烏欣有托吾亦愛吾廬

又 趙昌父用東坡韻叙太白東坡事見寄
過相褎借因用韻為謝兼寄吳子似

我志在寥闊疇昔夢登天摩娑素用人世俛仰已千年有客驂鸞翳鳳雲遇青山赤壁相約上高寒酌酒援北斗我亦蝨其間 少歌曰神甚放形則眠鴻鵠一再高舉天地睹方圓欲重歌兮夢覺推枕惘然獨念人事底虧全有美人可語秋水隔嬋娟

又 題永豐楊少游
提點一枝堂

萬事幾時足日月自西東無窮宇宙人是一粟太倉中

一葛一裘經歲一鉢一瓶終日老子舊家風更著一盃酒夢覺大槐宫　記當年嚇腐鼠歎寘鴻衣冠神武門外驚倒幾兒童休説須彌芥子看取鵾鵬斥鷃小大若為同君欲論齊物須訪一枝翁

又 席上為葉仲洽賦

高馬勿捶面千里事難量長魚變化雲雨無使寸鱗傷一壑一邱吾事一斗一石皆醉風月幾千場鬚作蝟毛磔筆作劒鋒長　我憐君癡絶似顧長康綸巾羽扇顛

倒又似竹林狂解道長江如練准備停雲堂上千首買秋光怨調為誰賦一斛貯檳榔

玉蝴蝶 追別杜仲高

古道行人來去香滿紅樹風雨殘花望斷青山高處都被雲遮客重來風流觴詠春已去光景桑麻苦無多一條垂柳兩箇啼鴉　人家疎疎翠竹陰陰綠樹淺淺寒沙醉兀藍輿夜來豪飲太狂些到如今都齊醒却只依舊無奈愁何試聽呵寒食近也且住為佳

又 杜仲高書來戒酒用韻

賢賤偶然渾似隨風簾幙籬落飛花空使兒曹馬上羞面頻遮向空江誰捐玉珮寄離恨應折疏麻暮雲多佳人何處數盡歸鴉　儂家生涯蠟屐功名破甑交友搏沙往日曾論淵明似勝臥龍些算來從人生行樂休便說日飲亡何快斟呵裁詩未穩得酒良佳

稼軒詞卷一

欽定四庫全書

稼軒詞卷二

宋 辛棄疾 撰

滿江紅 建康史帥致道席上賦

鵬翼垂空笑人世蒼然無物又還去九重深處玉階山立柚裏珍奇光五色他年要補天西北且歸來談笑護長江波澄碧 佳麗地文章伯金縷唱紅牙拍看尊前飛下日邊消息料想寶香熏閣夢依然畫舫清溪笛待

如今端的約鍾山長相識

又 中秋寄遠

快上西樓怕天教浮雲遮月但喚取玉纖横管一聲吹裂誰做冰壺涼世界最憐玉斧脩時節問嫦娥孤處有愁無應華髮 雲液滿瓊盃滑長袖舞清歌咽歎十常八九欲磨還缺但願長圓如此夜人情未必看承别把從前離恨總包藏歸時説

又 中秋

美景良辰算只是可人風月況素節揚輝長是十分清徹著意登樓瞻玉兎何人張幙遮銀闕倩飛廉特得為吹開憑誰說　弦與望從圓缺今與昨何區别羡夜來把手桂花堪折安得便登天柱上從容陪伴酬佳節更如今不聽麈談清愁如髮

又　莫春

點火櫻桃照一架荼蘼如雪春正好見龍孫穿破紫苔蒼壁乳燕引雛飛力弱流鶯喚友嬌聲怯問春歸不肯

帶愁歸腸千結　層樓望春山疊家何在煙波隔把古今遺恨向他誰說蝴蝶不傳千里夢子規叫斷三更月聽聲聲枕上勸人歸歸難得

又

可恨東君把春去春來無迹便過眼等閒輸了三分之一晝永暖翻紅杏雨風清扶起垂楊力更天涯芳草最關情烘殘日　湘浦岸南塘驛恨不盡愁如織算年年孤負對他寒食便恁歸來能幾許風流早已非疇昔凭

畫闌一線數飛鴻沉空碧

又

家住江南又過了清明寒食花徑裏一番風雨一番狼藉紅粉暗隨流水去園林漸覺清陰密算年年落盡刺桐花寒無力閒庭院靜空相憶無說處閑愁極怕流鶯乳燕得知消息尺素如今何處也綵雲依舊無蹤跡謾教人羞去上層樓平蕪碧

又

贑州席上呈太守陳季陵侍郎

落日蒼茫風纔定片帆無力還記得眉來眼去水光山色倦客不知身遠近佳人已卜歸消息便歸來只是賦行雲襄王客　此箇事如何得知有恨休重憶但楚天特地算雲凝碧過眼不如人意事十常八九令頭白笑江州司馬太多情青衫溼

又 賀王帥宣平湖南寇

笳鼓歸來舉鞭問何如諸葛人道是匆匆五月渡瀘深入白羽生風貔虎譟青溪路斷鼪鼯泣早紅塵一騎落

平岡捷書急　三萬卷龍頭客渾未得文章力把詩書馬上笑驅鋒鏑金印明年如斗大貂蟬却自兜鍪出待刻公勳業到雲霄浯溪石

又

漢水東流都洗盡髭胡膏血人盡說君家飛將舊時英烈破敵金城雷過耳談兵玉帳氷生頰想王郎結髮賦從戎傳遺業　腰間劒聊彈鋏尊中酒堪為別況故人新擁漢壇旌節馬革裹屍當自誓蛾眉伐情休重說但

從今記取楚臺風庾樓月

又 江行簡楊濟翁周顯先

過眼溪山怪都是舊時曾識還記得夢中行遍江南江北佳處徑須攜杖去能消幾兩平生屐笑塵勞三十九年非常為客 吳楚地東南坼英雄事曹劉敵被西風吹盡了無塵跡樓觀甫成人已去旌旗未卷頭先白歎人生哀樂轉相尋今猶昔

又

敲碎離愁紗窗外風摇翠竹人去後吹簫聲斷倚樓人獨滿眼不堪三月莫舉頭已覺千山緑但試把一紙書來書從頭讀　相思字空盈幅相思意何時足滴羅襟點點淚珠盈掬芳草不迷行路客垂楊只礙離人目最苦是立盡月黄昏欄干曲

又

倦客新豐貂裘敝征塵滿目彈短鋏青蛇三尺浩歌誰續不念英雄江左老用之可以尊中國歎詩書萬卷致

君人翻沉陸　休感慨澆醽醁人易老歡難足有玉人
憐我為簪黄花且置請纓封萬户竟須賣劍酧黄犢甚
當年寂寞賈長沙傷時哭

又

風捲庭梧黄葉墜新涼如洗一笑折秋英同賞弄香挼
蘂天遠難窮休久望樓高欲下還重倚搽一襟寂寞淚
彈秋無人會　今古恨沉荒壘悲歡事隨流水想登樓
青鬢未堪憔悴極目煙横山數點孤舟月淡人千里對

嬋娟從此話離愁金尊裏

又 泠泉亭

直節堂堂看夾道冠纓拱立漸翠谷羣仙來下珮環聲急誰信天峰飛墮地傍湖千丈開青壁是當年玉斧削方壺無人識 山水潤琅玕溼秋露下瓊珠滴向危亭橫跨玉淵澄碧醉舞且摇鸞鳳影浩歌莫遣魚龍泣恨此中風物本家今為客

又 再用前韻

照影溪梅悵絶代佳人獨立便小駐雍容千騎羽觴飛
急琴裏新聲風響珮筆端醉墨鴉棲壁是使君文雅舊
知名今方識　高欲臥雲還徑清可漱泉長滴快晚風
吹帽滿懷空碧寶馬嘶歸紅旆動龍團試氷壺瓶泣怕
他年重到路應迷桃源客

又　席閒和洪景盧舍人兼司馬漢章太監

天與文章看萬斛龍文筆力闡道是一詩曾換千金顏
色欲說又休新意思彊啼偷笑真消息算人人合與共

乘鸞鑾坡客　傾國艷難再得還可恨還堪憶看書尋舊錦衫裁新碧鶯蝶一春花裏活可堪風雨飄紅白問誰家却有燕歸梁香泥溼

又送楊朝美司諫自汴歸金壇

瘴雨蠻煙十年夢尊前休説春正好故園桃李待君花發兒女燈前和淚拜雞豚社裏歸時節看依然舌在齒牙牢心如鐵　活國手封侯骨騰汗漫排閶闔待十分做了詩書勳業當日念君歸去好而今却恨中年别笑

江頭明月更多情今宵缺

又 送李正之提刑入蜀

蜀道登天一盃送繡衣行客還自歎中年多病不堪離別東北看騰諸葛表西南更草相如檄把功名收拾付君侯如椽筆 兒女淚君休滴荆楚路吾能識要新詩準備廬山山色赤壁磯頭千古浪銅鞮陌上三更月正梅花萬里雪深時須相憶

又 送信守鄭舜舉被召

湖海平生算不負蒼髯如戟聞道是使君著意太平長策此老自當兵十萬長安正在天西北便鳳凰飛詔下天來催歸急　車馬路兒童泣風雨暗旌旗溼看野梅宮柳東風消息莫向蔗菴追笑語只今松竹無顏色問人間誰管別離愁杯中物

又　和楊民瞻送祐之弟還侍浮梁

塵土西風便無限淒涼行色還記取明朝應恨今宵輕別珠淚爭垂華燭暗雁行欲斷哀箏切看扁舟幸自澀

清溪休催發　白石路長亭側千樹柳千絲結怕行人西去棹歌聲闋黃卷莫教詩酒汚玉階不信僊凡隔但從今伴我又隨君佳哉月

又　遊南巖和范先之韻

笑拍洪崖問千丈翠巖誰削依舊是西風白鳥北村南郭似整復斜僧屋亂欲吞還吐林煙薄覺人間萬事到秋來都搖落　呼斗酒同君酌更小隱尋幽約且丁寧休負北山猿鶴有鹿從渠求鹿夢非魚定未得魚樂正

仰看飛鳥却應人回頭錯

又

天上飛瓊畢竟向人間情薄還又跨玉龍歸去萬花搖落雲破林梢添遠岫月明屋角分層閣記少年駿馬走韓盧掀東郭　吟凍雁嘲飢鵲人已老歡猶昨對瑶華滿地與君酬酢最愛霏霏迷遠近都收擾擾還空濶待羔兒飲罷又烹茶揚州鶴

又　病中俞山甫教授訪引病起寄之

曲几蒲團記方丈君來問疾更夜雨匆匆別去一盃南北萬事莫侵閒鬢髮百年正要佳眠食最難忘此語殷勤千金值　西崦路東巖石攜手處今塵迹望東來猶有舊盟如日莫信蓬萊風浪隔垂天自有扶搖力對梅花一夜苦相思無消息

又　餞鄭衡州厚卿席上再賦

莫折荼蘼且留取一分春色還待得青梅如豆共伊同摘少日對花渾醉夢而今醒眼看風月恨牡丹笑我倚

東風頭如雪榆莢錢菖蒲葉時節換繁華歇算怎禁風雨怎禁鵜鴂老冉冉兮花共柳是栖栖者蜂和蝶也不因春去有閒愁因離別

又 送徐衡仲撫幹

絕代佳人曾一笑傾城傾國休更歎舊時青鏡而今華髮明日伏波堂上客老當益壯翁應說恨苦遭鄧禹笑人來常寂寂　詩酒社江山筆松菊徑雲煙屐怕一觴一詠風流絃絕我夢橫山孤鶴去覺來却與君相別記

功名萬里要吾身佳眠食

又

紫陌飛塵望十里雕鞍繡轂春未老已驚臺榭瘦紅肥綠睡雨海棠猶倚醉舞風楊柳難成曲問流鶯能說故園無曾相熟　巖泉上飛鳬浴巢林下棲禽宿恨荼蘼開晚謾翻紅玉蓮社豈堪談昨夢蘭亭何處尋遺墨但羈懷空自倚鞦韆無心蹴

又　盧國華由閩憲移漕建安陳端仁給事同諸公餞別余為酒困臥清淤堂上三鼓方醒國華賦

詞留別席上和韻

宿酒醒時算只有清愁而已人正在清涂堂上月華如洗紙帳梅花歸夢覺蓴羮鱸鱠秋風起問人生得意幾何時吾歸矣　君若問相思事料長在歌聲裏這情懷只是中年如此明月何妨千里隔顧君與我如何耳向尊前重約幾時來江山美

又　和盧國華

漢節東南看駟馬光華周道須信是七閩還有福星來

到庭草自生心意足榕陰不動秋光好問不知何處著
君侯蓬萊島　還自笑人今老空有恨縈懷抱記江湖
十載厭持旌纛渡落我材無所用易除殆類無根潦但
欲搜好語謝新詞羞瓊報

又 山居即事

幾箇輕鷗來點破一澄泓緑更何處一雙鸂鶒故來爭
浴細讀離騷還痛飲飽看脩竹何妨肉有飛泉日日共
明珠五千斛　春雨滿秧新穀閒日永眠黄犢看雲連

麥隴雪堆蠶簇若要足時今足矣以為未足何時足被野老相扶入東園枇杷熟

又 和傅巖叟香月韻

半山佳句最好是吹香隔屋又還怪冰霜側畔蜂兒成簇更把香來薰了月却教影去斜侵竹似神清骨冷住西湖何由俗　根老大穿坤軸枝夭嫋蟠龍斛快酒兵長俊詩壇高築一再人來風味惡兩三盃後花緣熟記五更聯句失彌明龍銜燭

又 壽趙茂嘉郎中前章記兼濟倉事

我對君侯怪長見兩眉陰德還夢見玉皇金闕姓名仙籍舊歲炊煙渾欲斷被公扶起千人活算胸中除却五車書都無物 山左右溪南北花遠近雲朝夕看風流杖屨蒼髯如戟種柳已成陶令宅散花更滿維摩室勸人間且住五千年如金石

又 呈趙晉臣敷文

我對君侯原自有金盤華屋還又要萬間寒士眼前突

兀一舸歸來輕似葉兩翁相對清如鵠到如今吾亦愛
吾廬多松菊　人道是荒年穀還又似豐年玉甚等閒
却為鱸魚歸速野鶴溪邊留杖屨行人牆外聽絲竹問
近來風月幾篇詩三千軸

又 游清風峽和趙晉臣敷文韻

兩峽嶄巖問誰占清風舊染滿眼裏雲來鳥去澗紅山緑
世上無人供笑傲門前有客休迎肅怕淒涼無物伴君
時多栽竹　風采妙凝氷玉詩句好餘膏馥嘆只今人

物一虁應足人似秋鴻無定住事如飛彈須圓熟笑君
侯陪酒又陪歌陽春曲

木蘭花慢 席上送張仲固帥興元

漢中開漢業問此地是也非想劒指三秦君王得意一
戰東歸興亡事今不見但山川滿目淚沾衣落日胡塵
未斷西風塞馬空肥　一篇書是帝王師小試去征西
更草草離筵匆匆去路愁滿旌旗君思我回首處正江
涵秋影雁初飛安得車輪四角不堪帶減腰圍

又 滁州送范倅

老來情味減，對別酒，怯流年。況屈指中秋，十分好月，不照人圓。無情水都不管，共西風只管送歸船。秋晚蓴鱸江上，夜深兒女燈前。

征衫更好去朝天。玉殿正思賢。想夜半承明，留教視草，却遣籌邊。長安故人問我，道愁腸殢酒只依然。目斷秋霄落雁，醉來時響空弦。

又 題上饒州園翠微樓

舊時樓上客，愛把酒，對南山。笑白髮如今，天教放浪，來往其間登樓更誰念我却回頭西北望層欄雲雨珠簾畫棟笙歌霧鬢風鬟　近來堪入畫圖看父老顧公歡甚拄笏悠然朝來爽氣正爾相關難忘使君後日便一花一草報平安與客攜壺且醉雁飛秋影江寒

又　寄題吳克明廣文菊隱

路傍人怪問此隱者姓名不甚黃菊如雲朝吟莫醉喚不回頭縱無酒成悵望只東籬搔首亦風流與客朝飡一笑落英飽便歸休　古來堯舜有巢由海江去悠悠

待說與佳人種成香草莫怨靈脩我無可無不可意先生出處有如卭聞道問津人過殺雞為黍相留

水龍吟 登建康賞心亭作

楚天千里清秋水隨天去秋無際遥岑遠目獻愁供恨玉簪螺髻落日樓頭斷鴻聲裏江南游子把吴鈎看了欄干拍徧無人會登臨意　休說鱸魚堪膾儘西風季鷹歸未求田問舍怕應羞見劉郎才氣可惜流年憂愁風雨樹猶如此倩何人喚取紅巾翠袖揾英雄淚

又 甲辰歲壽韓南澗尚書

渡江天馬南來幾人眞是經綸手長安父老新亭風景可憐依舊夷甫諸人神州沉陸幾曾回首算平戎萬里功名本是眞儒事公知否　況有文章山斗對桐陰滿庭清晝當年隨地而今試看風雲犇走綠野風煙平泉草木東山歌酒待他年整頓乾坤事了為先生壽

又 次年南澗用韻為僕與公生日相去一日再和以壽南澗

玉皇殿閣微涼看公重試薰風手高門畫戟桐陰閣道

青青如舊蘭佩空芳蛾眉誰妬無言搔首甚年年却有呼韓塞上人爭問公安否　金印明年如斗向中州錦衣行晝依然盛事貂蟬前後鳳麟飛走富貴浮雲我評軒冕不如盃酒待從公痛飲八千餘歲伴莊椿壽

又　盤園任子嚴安撫挂冠得請客以高風名其堂書來索詞為賦

斷崖千丈孤松挂冠更在松高處平生袖手故應休矣功名良苦笑指兒曹人間醉夢莫嗔驚汝問黄金餘幾旁人欲説田園記君推去　嘆息薌舊隱對先生竹窗

松户一花一草一觴一詠風流杖屨野馬塵埃扶摇下視蒼然如許恨當年九老圖中忘却花盤園林路

又 寄題京口范南伯知縣家文官花花白次緋次紫唐會要載學士院有之

倚欄看碧成珠等閑褪了香袍粉上林高選匆匆又换紫雲衣溼幾許春風朝薰莫染為花忙損笑舊家桃李東塗西抹有多少凄凉恨　擬倩流鶯説與記榮華易消難安人間得意千紅萬紫轉頭春盡白髮憐君儒冠曾悮平生宫冷算風流未減年年醉裏把花枝問

又 題雨巖巖類今所畫觀音普陁巖中有泉飛出如風雨響

普陁大士虚空翠巖記取飛來處峯房萬點似穿如礙玲瓏窗户石髓千年已垂未落嶙峋氷柱有怒濤聲遠花落香在人疑是桃源路　又說春雷鼻息是臥龍彎環如許依然應是洞庭張樂湘靈來去我意長松倒生陰壑細吟風雨竟茫茫未曉只應白髮是開山祖

又 瓢泉

稼軒何必長貧放泉簷外瓊珠瀉樂天知命古來誰會

行藏用舍人不堪憂一瓢自樂賢哉回也料當年曾問
飯蔬食飲水何為是栖栖者　且對浮雲山上莫匆匆
去流山下蒼顔照影故應零落輕裘肥馬遶齒氷霜滿
懷芳乳先生飲罷笑挂飄風樹一鳴渠碎問何如啞

又　用瓢泉韻戲仁和兼諸葛亮且督和詞

被公驚倒瓢泉倒流三峽詞源瀉長安紙貴流傳一字
千金爭舍割肉懷歸先生自笑又何廉也但銜盃莫問
人間豈有如孺子長貧者　誰識稼軒心事似風乎舞

雩之下回頭落日蒼茫萬里塵埃野馬更想隆中臥龍千尺高吟纔罷倩何人與間雷鳴瓦釜甚黄鐘啞

又　用些語再韻瓢泉歌以飲客聲語甚諧客皆為之釂

聽兮清珮瓊瑶些明兮鏡秋毫些君無去此流昏無賦生蓬蒿些虎豹甘人渴而汝寧猿猱些大而流江海覆舟如芥君無助狂濤些　路險兮山高些愧余獨處無聊些冬槽春盎歸來為我製松醪些其外芬芳團龍片鳳煮雲膏些古人兮既往嗟余之樂樂簞瓢些

又 過南澗雙溪樓

舉頭西北浮雲倚天萬里須長劒人言此地夜深長見斗牛光焰我覺山高潭空水冷月明星淡待燃犀下看凭欄卻怕風雷怒魚龍慘 峽束蒼江對起過危樓欲飛還斂元龍老矣不妨高臥氷壺凉簟千古興亡百年悲笑一時登覽問何如又卸片帆沙岸繫斜陽纜

又 愛李延年歌淳于髡語合為詞庶幾高唐神女洛神賦之意云

昔時曾有佳人翩然絶世而獨立未論一顧傾城再顧

又傾人國寧不知其傾城傾國佳人難再得看行雲行雨朝朝莫莫陽臺下襄王側　堂上更闌燭滅記主人留髡送客合尊促坐羅襦襟解微聞薌澤當此之時止乎禮義不淫其色但啜其泣矣啜其泣矣又何嗟及

又　別傳先之提舉時先之有召命

只愁風雨重陽思君不見令人老行期定否征車幾輛去程多少有客書來長安却早傳聞追詔問歸來何日君家舊事直須待為霖了　從此蘭生蕙長吾誰與玩

慈芳草自憐拙者功名相避去如飛鳥只有良朋東阡西陌安排似巧到如今巧處依然又拙把平生笑

又

老來曾識淵明夢中一見參差是覺來幽恨停觴不御欲歌還止白髮西風折腰五斗不應堪此問北窗高臥東籬自醉應别有歸來意　須信此翁未死到如今凜然生氣吾儕心事古今長在高山流水富貴他年直饒來晚也應無味甚東山何事當時也道為蒼生起

摸魚兒　淳熙己亥自湖北漕移湖南同官王正之置酒小山亭賦

更能消幾番風雨匆匆春又歸去惜春長怕花開早何況落紅無數春且住見說道天涯芳草無歸路怨春不語算只有殷勤畫簷蛛網盡日惹飛絮　長門事準擬佳期又誤蛾眉曾有人妒千金曾買相如賦脉脉此情誰訴君莫舞君不見玉環飛燕皆塵土閒愁最苦休去倚危欄斜陽正在煙柳斷腸處

又　觀潮上葉丞相

望飛來半空鷗鷺須臾動地鼙鼓截江組練驅山去鏖戰未收貔虎朝又莫悄慣得吾兒不怕蛟龍怒風波平步看紅旆驚飛跳魚直上蹙踏浪花舞 憑誰問萬里長鯨吞吐人間兒戲千弩滔天力捲知何事白馬素車東去堪恨處人道是屬鏤怨憤足千古功名自誤謾教得陶朱五湖西子一舸弄煙雨

又

雨巖有石狀甚怪取離騷九歌名曰山鬼因賦摸魚兒改名山鬼謠

問何年此山來此西風落日無語看似是羲皇上人直

作太壺名汝溪上算只有紅塵不到今猶古一盃誰舉笑我醉呼君崔嵬未起山烏覆盃去 須記取昨夜龍湫風雨門前石浪掀舞四更山鬼吹燈嘯驚倒世間兒女依然處還問我清游杖屨公良苦神交心許待萬里攜君鞭笞鸞鳳送我遠遊賦 石浪菴外巨石也長三十餘丈

西河 送錢仲耕自江西漕移守婺州

西江水道是西江人淚無情却解送行人月明千里從今日倚高樓傷心烟樹如薺會君難別君易草草不

如人意十年著破繡衣茸種成桃李問君可是厭承明東方鼓吹千騎　對梅花更消一醉看明年調鼎風味老病自憐憔悴過吾廬定有幽人相問歲晚淵明歸來未

永遇樂 送陳仁和自汴東歸陳至上饒之一年得子甚喜

紫陌長安看花年少無限歌舞白髮憐君尋芳較晚捲地驚風雨問君知否鴟夷載酒不似并瓶身誤細思量悲歡夢裏覺來總無尋處　芒鞋竹杖天教還了千古

玉樓佳句落魄東歸風流贏得掌上明珠去起看青鏡
南冠好在拂了舊時塵土向君道雲霄萬里這回穩步

又 梅雪

怪的寒梅一枝雪裏只恐愁絶問訊無言依稀似妬天
上飛英白江上一夜瓊瑶萬頃此段如何妬細看來風
流添得自家越樣標格　晚來樓上對花臨鏡學作半
妝額著意爭妍那知却有人妬花顔色無情休問許多
般事且自訪梅踏雪待行過溪橋夜半更邀素月

又 戲賦辛字送茂嘉十二弟赴調

烈日秋霜忠肝義膽千載家譜得姓何年細參辛字一笑君聽取艱辛做就悲辛滋味總是辛酸辛苦更十分向人辛辣椒桂擣殘堪吐 世間應有芳甘濃美不到吾家門户比著兒曹纍纍却有金印光垂組付君此事從今直上休憶對牀風雨但贏得鞾紋縐面記余戲語

又 檢校停雲新種杉松戲作時欲作新舊報書紙筆偶為大風吹去末章因及之

投老空山萬松手種政爾堪歎何日成陰吾年有幾似

見兒孫晚徃來池館雲煙草棘長使後人凄斷想當年良辰已恨夜闌酒空人散　停雲高處誰知者子萬事不關心眼夢覺東窗聊復爾起欲題書簡霎時風怒倒翻筆硯天也只教吾懶又何事催急急雨片雲斗暗

又 京口北固亭懷古

千古江山英雄無覔孫仲謀處舞榭歌臺風流總被雨打風吹去斜陽草樹尋常巷陌人道寄奴曾住想當年金戈鐵馬氣吞萬里如虎　元嘉草草封狼居胥贏得

倉皇北顧四十三年望中猶記烽火揚州路可堪回首佛貍祠下一片神鴉社鼓憑誰問廉頗老矣尚能飯否

歸朝歌 靈山齊菴菖蒲港皆長松茂林獨野櫻花一株山上盛開照映可愛不數日風雨催敗殆盡意有感因效介菴體為賦且以菖蒲綠名之丙辰歲三月三日也

山下千林花太俗山上一枝看不足春風正在此花邊菖蒲自蘸清溪綠與花同草木問誰風雨飄零速莫悲歌夜深巖下驚動白雲宿 病怯殘年頻自卜老愛遺篇難細讀若無妙手畫於菟人間雕刻真成鵠夢中人

似玉覺來更憶腰如束許多愁問君有酒何不日絲竹

又 寄題三山鄭元英巢經樓樓之側有尚友齋欲借書者就齋中取讀書不借出

萬里康成西走蜀藥市船歸書滿屋有時光彩射星躔何人汗簡讎天祿好之寧有足請看良賈藏金玉記斯文千年未喪四壁聞絲竹 試問辛勤攜一束何以牙籤三萬軸古來不作借人癡有朋只就芸窗讀憶君清夢熟覺來笑我便便腹倚危樓人間誰舞掃地八風曲

又 題趙晉臣敷文積翠巖

我笑共工緣底怒觸斷峩峩天一柱補天又笑女媧忙却將此石投閑處野煙荒草路先生拄杖來看汝倚蒼苔摩挲試問千古幾風雨　長被兒童敲火苦時有牛羊磨角去霍然千丈翠巖屏鏘然一滴甘泉浮結亭三四五會相暖熱攜歌舞細思量古來寒士不遇有時遇

又　丁卯歲寄題眉山李泰政石林

見說岷峩千古雪都作岷峩山上石君家右史老泉公千金未盡勒收拾一堂真石石閑處更與天突兀記當

時長編筆硯日日雲煙溼　野老時逢山鬼泣誰夜持山去難覓有人依樣入明光玉堦之下巖巖立琅玕無數碧風流不數平泉物欲重吟青蔥玉樹須倩子雲筆

一枝花　醉中戲作

千丈擎天手萬卷懸河口黄金腰下印大如斗更千騎弓刀揮霍遮前後百計千方久似鬬草兒童贏箇他家偏有　算枉了雙眉長皺白髮空回首那時閒說向山中友看卯隴牛羊更辨賢愚否且自栽花柳怕有人來

但只道今朝中酒

喜遷鶯 謝趙晉臣敷文賦芙蓉詞見壽用韻為謝

暑風涼月愛亭亭無數綠衣持節掩冉如羞差差似妒擁出芙渠花發步襯潘娘堪恨貌比六郎誰潔添白鷺晚晴時公子佳人並列　休說搴木末當日靈均恨與君王別心阻媒勞交疎怨極恩不甚兮輕絶千古離騷文字至今猶未歇都休問但千盃快飲露荷翻葉

瑞鶴仙 壽上饒倅洪莘之時攝郡事且將赴漕舉

黄金堆到斗怎得長年畫堂勸酒蛾眉最明秀向水沉煙裏兩行紅袖笙歌擁就爭説道明年明候被姮娥做了慇懃仙桂一枝入手　知否風流别駕近日人呼文章太守天長地久歲歲上㢠翁壽記從來人道相門出相金印纍纍儘有但直須周公拜前魯公拜後

又
賦梅

雁霜寒透幙正護月雲輕嫩冰猶薄溪奩照梳掠想含香弄粉豔粧難學玉肌瘦弱更重重龍綃襯著倚東風

一笑嫣然轉盻萬花羞落　寂寞家山何在雪後園林
水邊樓閣瑶池舊約鄰翁更仗誰托粉蝶兒只是尋桃
覓柳開遍南枝未覺但傷心冷落黄昏數聲畫角

又　南澗雙溪樓

片帆何太急望一點須臾去天咫尺舟人好看客似三
峽風濤嵯峨劍戟溪南溪北正遐想幽人泉石看漁樵
指點危樓却羨舞筵歌席　嘆息山林鐘鼎意倦情遷
本無欣戚轉頭陳迹飛鳥外晚烟碧問誰憐舊日南樓

老子最愛月明吹笛到而今撲面黃塵欲歸未得

聲聲慢 旅次登樓作

征埃成陣行客相逢都道幻出層樓指點簷牙高處浪湧雲浮今年太平萬里罷長淮千騎臨秋憑欄望有東南佳氣西北神州　千古懷高人去還笑我身在楚尾吴頭看取弓刀陌上車馬如流從今賞心樂事剩安排酒令詩籌華胥夢願年年人似舊游

又 嘲紅木犀余兒時嘗入京師禁中凝碧池因書多時所見

開元盛日天上栽花月殿桂影重重十里芬芳一枝金粟玲瓏管絃凝碧池上記當時風月愁儂翠華遠但江南草木煙鎖深宫　只為天姿冷澹被西風醖釀徹骨香濃枉學丹蕉葉底偷染妖紅道人取次裝束是自家香底家風又怕是為淒涼長在醉中

又　送上饒黃倅職滿赴調

東南形勝人物風流白頭見君恨晚便覺君家叔度去人未遠長憐士元驥足道直須别駕方展問箇裏待怎

生銷殺胸中萬卷況有星辰劒履是傳家合在玉皇香案零落新詩我欠可人消遣留君再三不住便直饒萬家淚眼作抵得著眉間黃色一點

又 檃括淵明停雲詩

停雲靄靄八表同昏盡日時雨濛濛搔首良朋門前平陸成江春醪湛湛獨撫恨彌襟閒飲東窗空延佇恨舟車南北欲往何從 嘆息東園佳樹列初榮枝葉再競春風日月于征安得促席從翩翩何處飛鳥息庭柯好

語和同當年事問幾人親友似翁

八聲甘州 壽建康帥胡長文給事時方閲折紅梅之舞且有錫帶之寵

把江山好處付公來金陵帝王州想今年燕子依然認得王謝風流只用平時尊爼彈壓萬貔貅依舊釣天夢玉殿東頭 看取黃金横帶是明年準擬丞相封候有紅梅新唱香陣卷温柔且畫堂春宵一醉待從今更數八千秋公知否邦人香火夜半纔收

又 夜讀李廣傳不能寐因念晁楚老楊民瞻約同居山間戲用李廣事賦以寄之

故將軍飲罷夜歸來長亭解雕鞍恨灞陵醉尉匆匆未識桃李無言射虎山橫一騎裂石響驚弦落魄封侯事歲晚田園　誰向桑麻杜曲要短衣匹馬移住南山看風流慷慨談笑過殘年漢開邊功名萬里甚當時健者也曾閒紗窗外斜風細雨一陣輕寒

雨中花慢 登新樓有懷趙昌甫徐斯遠韓仲止吴子似楊民瞻

舊雨常來今雨不來佳人偃蹇誰留幸山中芋栗今歲全收貧賤交情落落古今吾道悠悠怪新來却見文友

離騷詩發秦州　功名只道無之不樂那知有更堪憂
怎奈向兒曹抵死喚不回頭石臥山前認虎蟻喧牀下
聞牛為誰西望憑欄一餉却下層樓

又　吴子似見和再和韻為別

馬上三年醉帽吟鞍錦囊詩卷長留羨溪山舊館風月
新妝明便關河杳杳去應日月悠悠笑千篇索價未抵
蒲桃五斗涼州　停雲老子有酒盈尊琴書端可消憂
渾未解傾身一飽淅米矛頭心似傷弓塞雁身如喘月

吴牛曉天凉夜月明誰伴吹笛南樓

漢宫春 立春

春已歸來看美人頭上裊裊春幡無端風雨未肯収盡餘寒年時燕子料今宵夢到西園渾未辦黄柑薦酒更傳青韭堆盤　却笑東風從此便薰梅染柳更没些閑閑時又來鏡裏轉變朱顔青愁不斷問何人會解連環生怕見花開花落朝來塞雁先還

又 即事

行李溪頭有鈎車茶具曲几團蒲兒童認得前度過者
籃輿時時照影甚此身徧滿江湖悵野老行歌不住定
堪與語難呼　一自東籬揺落問淵明歲晚心賞何如
梅花政自不惡曾有詩無知翁止酒待重教蓮社人沽
空悵望風流已矣江山特地愁余

又　會稽蓬萊閣懐古

秦望山頭看亂雲急雨倒立江湖不知雲者為雨雨者
雲乎長空萬里被西風變滅須臾回首聽月明天籟人

間萬竅號呼　誰向若耶溪上倩美人西去麋鹿姑蘇
至今故國人望一舸歸歟歲云暮矣問何不鼓瑟吹竽
君不見王亭謝館冷煙寒樹啼烏

又 會稽秋風亭觀雨

亭上秋風記去年嫋嫋曾到吾廬山河舉目雖異風景
非殊功成者去覺團扇便與人疎吹不斷斜陽依舊茫
茫禹跡都無　千古茂林猶在甚風流章句解擬相如
只今木落江冷眇眇愁余故人書報莫因循忘却蓴鱸

誰念我新涼燈火一編太史公書

又 荅李兼善提舉和章

心似孤僧更茂林脩竹山上精廬維摩定自非病誰遣文書白頭自惜歎相逢語密情疎傾蓋處論心一語只今還有公私 最喜陽春妙句被西風吹墮金玉鏗如夜來歸夢江上父老歡余荻花深處喚兒童吹火烹鱸歸去也絕交何必更脩山巨源書

又 荅吴子似總幹和章

達則青雲便玉堂金馬窮則茅廬逍遥小大自適鵬鷃何殊君如星斗燦中天密密疎疎荒草外自憐螢火清光暫有還無　千古季鷹猶在向松江道我問訊何如白頭愛山下去翁定嗔余人生謾爾豈食魚必膾之鱸還自笑君詩頻覺胸中萬卷藏書

滿庭芳　和丞相景伯韻

傾國無媒入宫見妒古來顰損蛾眉看公如月光彩衆星稀袖手高山流水聽羣蛙鼓吹荒池文章手直須補

袞藻衣燦宗彝　癡兒公事了吳蠶纒繞自吐餘絲幸

一枝麤穩三徑新治且約湖邊風月功名事欲使誰知

都休問英雄千古荒草没殘碑

又　和洪丞相景伯韻呈景盧內翰

急管哀絃長歌慢舞連娟十樣宮眉不堪紅紫風雨曉

稀稀惟有楊花飛絮依舊是萍滿芳池酴醾在青虬快

剪插遍古銅彝　誰將春色去鸞膠難覓絃斷朱絲恨

牡丹多病也費醫治夢裏尋春不見空斷腸怎得春知

休惆悵一觴一詠須刻右軍碑

又 游豫章東湖再用韻

柳外尋春花邊得句怪公喜氣軒眉陽春白雪清唱古今稀曾是金鑾舊客記鳳凰獨遶天池揮毫罷天顏有喜催賜尚方奚（公在詞掖嘗拜尚方賓奚之賜）只今江山遠鈞天夢覺清淚如絲算除非痛把酒療花治明日五湖佳興扁舟去一笑誰知溪堂好且拚一醉倚杖讀韓碑

又 和章泉趙昌父

西崦斜陽東澗水流物華不為人流崢然一葉天下已皆秋歪指人間得意問誰是騎鶴揚州君知我從來雅興未老已滄洲　無窮身外事百年能幾一醉都休恨兒曹抵死謂我心憂況有溪山杖屨阮籍輩須我來游還堪笑機心早覺海上有驚鷗

六么令　用陸氏事送玉山令陸德隆侍親東歸吳中

酒羣花隊攀得短轅折誰憐故山歸夢千里蓴羮滑便整松江一棹檢點能言鴨故人欲接醉懷霜橘墮地金

圓醒時覺　長喜劉郎馬上肯聽詩書說誰對叔子風
流直把曹劉壓更看君侯事業不負平生學離腸愁怯
送君歸後細寫茶經煮香雪

又　再用前前韻

倒冠一笑華髮玉簪折陽關自來淒斷却怪歌聲滑放
浪兒童歸舍莫惱比隣鴨水連山接看君歸興如醉中
醒夢中覺　江上吳儂問我一一煩君說忽使尊酒頻
空謄欠珍珠壓手把漁竿未穩長向滄浪學問愁誰怯

可堪楊柳先作東風滿城雪

醉翁操

頃余從范先之求觀家譜見其冠冕蟬聯世載勲德先之甚文而好修意其昌未艾也時畢慶勲臣子孫無見任者命官之先是屢試既錄元祐黨籍家合是二者先之應是矣將告諸朝行有日請余作詩以贈屬余避謗持此戒甚力不如先之之請又念先之與余遊八年日從事詩酒間意相得驩甚於其別也何獨能恝然顧先之長於楚詞而妙於琴輒擬醉翁操為之詞以敘別異時先之綰組東歸僕當年買羊沽酒先之為鼓一再行以為山中之盛事云

長松之風如公肯余從山中人心與吾兮誰同湛湛千里之江上有楓噫送子東望君之門兮九重女無悅已

誰適為容　不龜手藥或一朝取封昔與遊兮皆童我獨窮兮今翁一魚兮一龍勞心兮忡忡噫命與時逢子之所食兮萬鍾

醜奴兒近　博山道中效李易安體

千峯雲起驟雨一霎兒價更遠樹斜陽風景怎生圖畫青旗賣酒山那畔別有人家只消山水光中無事過者一霎　午睡醒時松窗竹户萬千瀟灑野鳥飛來又是一飛流萬壑共千巖爭秀孤負平生弄泉手歎輕衫帽

幾許紅塵還自喜濯髮滄浪依舊　人生行樂耳身後虚名何似身前一盃酒便此地結吾廬待學淵明更手種門前五栁且歸去父老約重來問如此青山定重來否

洞仙歌　浮石山莊余友月湖道人何同叔之别墅也山頗類羅浮故以名同叔嘗作遊山次序榜示余且索詞為賦洞仙歌以遺之同叔頃遊羅浮遇一老人龎眉幅巾語同叔云當有晚年之契蓋僊云

松關桂嶺望青葱無路費盡銀鈎榜佳處悵空山歲晚

窈窕誰來須著我醉臥石樓風雨　僊人瓊海上揖手當年笑許君攜半山去劉疊嶂卷飛泉洞府淒涼又却怕先生多取怕夜半羅浮有時還好長把雲烟再三遮住

又　用南樓初成賦

婆娑欲舞怪青山歡喜分得清溪半篙水記平沙鷗鷺落日漁樵湘江上風景依然如此　東籬多種菊待學淵明飲酒詩情不相似十里漲春波一棹歸來只作箇五

湖范蠡是則是一般弄扁舟爭如道他家有箇西子

又 趙晉臣和李能伯韻屬余同和趙以兄弟有職名為龍詞中頗敘其盛故末章有裂土分茅之句

舊交貧賤大半成新貴冠蓋門前幾行李看匆匆西笑爭出山來憑誰問小草何如遠志 悠悠今古事得喪乘除莫四朝三又何異任掀天事業冠古文章有幾箇笙歌晚歲況滿屋貂蟬未為榮記裂土分茅是公家世

又 丁卯八月病中作

賢愚相去算其間能差以毫釐繆千里細思量義利舜跖之分孳孳者等是雞鳴而起　味甘終易壞歲晚還知君子之交淡如水一餉聚飛蚊其響如雷自覺昨非今是羨安樂窩中泰和湯更劇飲無過半醺而已

驀山飲 停雲竹逕初成

小橋流水欲下前溪去喚起故人來伴先生風煙杖屨行穿窈窕時歷小崎嶇斜帶水半遮山翠竹栽成路一尊遐想剩有淵明趣山上有停雲看山下濛濛細雨

野花啼鳥不肯入詩來還一似笑翁詩自没安排處

又 趙昌父賦一卯一壑格律高古因效其體

飯蔬飲水客莫嘲吾拙高處看浮雲一卯壑中間甚樂功名妙手壯也不如人今老矣尚何堪堪釣前溪月病來止酒孤負鸕鷀杓歲晚念平生待都與鄰翁細說人間萬事先覺者賢乎深雪裏一枝開春事梅先覺

最高樓 醉中有索四時歌為賦

長安道投老倦遊歸七十古來稀藕花雨溼前湖夜桂

枝澹蕩小山時怎消除須殢酒更吟詩　也莫向竹邊孤負雪也莫向栁邊孤負月閒過了總成癡種花事業無人問惜花情緒只天知笑山中雲出早鳥歸遲

又　和楊民瞻席上用韻賦牡丹

西園買誰載萬金歸多病勝遊稀風斜畫燭天香夜凉生翠蓋酒酣時待重尋居士譜譴儫詩　看黃底御袍元自貴看紅底狀元新得意如斗大笑花癡漢妃翠被嬌無柰吳姬粉陣恨誰知但紛紛蜂蝶亂笑春遲

又 送李懷忠教授入廣渠赴調都下久不得書或謂從人辟置或謂復歸閩中矣

相思苦君與我同心魚沒雁沉沉是夢松後追軒冕是化鶴後去山林對西風且悵望到如今 待不飲奈何君有恨待痛飲奈何吾又病君起舞試重斟蒼梧雲外湘妃淚鼻亭山下鷓鴣吟早歸流水外有知音

又 慶洪景盧內翰七十

金閨彥眉壽正如川七十且華筵樂天詩句香山裏杜陵酒債曲江邊問何如歌窈窕舞嬋娟 更十歲太公

方出將又十歲武公方入相留盛事看明年直須腰下添金印莫教頭上欠貂蟬向人間長富貴地行僊

又 聞前岡周氏旌表有期

君聽取尺布尚堪縫斗粟也堪舂人間朋友又能合古來兄弟不相容棣華詩悲二叔弔周公 長歎息春令原上急重歎息豆萁煎正泣形則異氣應同周家五世將軍後前岡千載義居風看明朝丹鳳詔紫泥封

又 客有敗碁者代賦梅

花知否花一似何郎又似沈東陽瘦稜稜地天然白冷清清地許多香笑東君還又向北枝忙　著一陣霎時間底雪更一箇缺些兒底月山下路水邊牆風流怕有人知處影兒守定竹旁廂且饒他桃李趁少年場

又　用答韻趙晉臣敷文

花好處不趁綠衣郎縞袂立斜陽面皮兒上因誰白骨頭兒裏幾多香儘饒他心似鐵也須忙　甚喚得雪來白倒雪便喚得月來香殺月誰立馬更窺牆將軍止渴

山南畔相公謫鼎殿東廟忒高才經濟地戰征場

又 吾擬乞歸犬子以田産未置止我賦此罵之

吾衰矣須富貴何時富貴是危機暫忘設醴抽身去未曾得米棄官歸穆先生陶縣令是吾師　待葺箇園兒名佚老更作箇亭兒名亦好閒飲酒醉吟詩千年田換八百主一人口插幾張匙咄豚奴置産業豈佳兒

上西平 會稽秋風亭觀雪

九曲中盃逐馬帶隨車問誰解愛惜瓊華何如竹外靜

聽窣窣蠏行沙自憐是海山頭種玉人家　紛如鬭嬌如舞纔整整又斜斜要圖畫還我漁蓑凍吟應笑羔兒無分謾煎茶起來極目向彌茫數盡歸鴉

又 送杜叔高

恨如新新恨了又重新看天上多少浮雲江南好景落花時節又逢春夜來風雨春歸似欲留人　尊如神人如玉詩如錦筆如神更能幾字盡殷勤江天日莫何時重與細論文綠楊陰裏聽陽關門掩黄昏

欽定四庫全書

稼軒詞 卷二

稼軒詞卷二

欽定四庫全書

稼軒詞卷三

宋 辛棄疾 撰

新荷葉 和趙德莊韻

人已歸來杜鵑欲勸誰歸綠樹如雲等閒付與鶯飛兔葵燕麥問劉郎幾度沾衣翠屏幽夢覺來水繞山圍有酒重攜小園隨意芳菲往日繁華而今物是人非春風半面記當年初識崔徽南雲雁少錦書無箇因依

又 再和前韻

春色如愁行雲帶雨纔歸春意長閒游絲盡日低飛閒愁幾許更晚風特地吹衣小窗人靜棊聲似解重圍光景難攜任他鶗鴂芳菲細數前愆不應詩酒皆非知音絃斷笑淵明空撫餘徽停盃對影待邀明月相依

又 再題傅巖叟悠然閣

種豆南山零落一頃爲萁歲晚淵明也吟艸盛苗稀風流剗地向尊前采菊題詩悠然忽見此山正繞東籬

千載襟期高情想像當時小閣橫空朝來翠撲人衣是中真趣問騁懷遊目誰知無心出岫白雲一片孤飛

又趙茂嘉趙晉臣和韻見約初秋訪悠然再用韻

物盛還衰眼看春葉秋萁貴賤交情翟公門外人稀酒酣耳熱又何須幽憤裁詩茂林脩竹小園曲逕疎籬秋以爲期西風黃菊開時拄杖敲門任他顛倒裳衣去年堪笑醉題詩醒後方知而今東望心隨去鳥先飛

又上巳日吳子似謂古今無此詞索賦

曲水流觴賞心樂事良辰蘭蕙光風轉頭天氣還新明眸皓齒看江頭有女如雲折花歸去綺羅陌上芳塵能幾多春試聽啼鳥殷勤對景興懷向來憂樂紛紛且題醉墨似蘭亭別敘時人後之覽者又將有感斯文

御街行 無題

闌干四面山無數供望眼朝與莫好風吹雨過山來吹盡一簾煩暑紗厨如霧簟紋如水別有生涼處 冰肌不受鉛華汙更旎旎真香聚臨風一曲最妖嬈唱得行

雲且住藕花都放木犀開後待與乘鸞去

又 山中問盛復之提幹行期

山城甲子冥冥雨門外青泥路杜鵑只是等閑啼莫被他催歸去垂楊不語行人去後也會風前絮　情知夢裏尋鵷鷺玉殿追班處怕君不飲太愁生不是苦留君住白頭笑我年年送客自歎春江渡

祝英臺近 晚春

寶釵分桃葉渡煙柳暗南浦怕上層樓十日九風雨斷

腸點點飛紅都無人管更誰勸流鶯聲住　鬢邊覷試
把花卜歸期才簪又重數羅帳燈昏哽咽夢中語是他
春帶愁來春歸何處却不解帶將愁去

又　與客飲瓢泉客以泉聲喧靜為問余醉未及荅或者以蟬噪林逾靜代對意甚美矣翌日為此賦詞以褒之

水縱横山遠近拄杖占千頃老眼羞明水底看山影試
教水動山摇吾生堪笑似此箇青山無定　一瓢飲人
問翁愛飛泉來尋箇中靜遶屋聲喧怎做靜中鏡我眠

君且歸休維摩方丈待天女散花時問

婆羅門引 別杜叔高叔高長於楚詞

落花時節杜鵑聲裏送君歸未消文字湘纍只怕蛟龍雲雨後會渺難期更何人念我老大傷悲 已而已而算此意只君知記取岐亭買酒雲洞題詩爭如不見纔相見便有別離時千里月兩地相思

又 用韻別郭逢道

綠陰啼鳥陽關未徹早催歸歌珠悽斷纍纍回首海山

何處千里共襟期歎高山流水絃斷堪悲　中心悵而似風雨落花知更擬停雲君去細和陶詩見君何日待瓊林宴罷醉歸時人爭看寶馬來思

又用韻答傅先之時傅先之宰龍泉歸

龍泉佳處種花滿縣却東歸腰間玉若金纍須信功名富貴長與少年期悵高山流水古調今悲　卧龍暫而算天上有人知最好五十學易三百篇詩男兒事業看一日須有致君時端的了休便尋思

又 用韻答趙晉臣敷文

不堪鶗鴂早教百艸放春歸江頭愁殺吾纍却覺君侯雅句千載共心期便留春甚樂樂了須悲 瓊而素而被花惱只鸎知正要千鍾角酒五字裁詩江東日莫道繡斧人去未多時還又要玉殿論思

又 趙晉臣敷文張燈甚盛索賦偶憶舊游末章因及之

落星萬點一天寶焰下層霄人間疊作僊鼇取愛金蓮側畔紅粉㠀花梢更鳴鼉擊鼓噴玉吹簫 曲江畫橋

記花月可憐宵想見間愁未了宿酒纔消東風摇蕩似楊柳十五女兒腰人共柳那箇無聊

千年調 開山徑得石壁因名曰蒼壁事出望外意天之所賜邪喜而賦

左手把青霓右手挾明月吾使豐隆前導叫開閶闔周遊上下徑入寥天一覽𤣥圃萬斛泉千丈石　鈞天廣樂燕我瑶之席帝飲予觴甚樂賜汝蒼壁嶙峋突兀正在一邱壑余馬懷僕夫悲下恍惚

又 巖菴小閣名曰巵言作此詞以嘲之

巵酒向人時和氣先傾倒最要然然可可萬事稱好滑稽坐上更對鴟夷笑寒與熱總隨人甘國老　少年使酒出口人嫌拗此箇和合道理近日方曉學人言語未會十分巧看他門得人憐秦吉了

粉蝶兒 和趙晉臣敷文賦落梅

昨日春如十三女兒學繡一枝枝不教花瘦甚無情便下得雨僝風僽向園林鋪作地衣紅縐　而今春似輕薄蕩子難久記前時送春歸後把春波都釀作一江醇

酎約清愁楊柳岸邊相候

千秋歲　金陵壽史帥致道時有版築役

塞垣秋艸又報平安好尊俎上英雄表金湯生氣象珠玉霏譚笑春近也春花得似人難老　莫惜金尊倒鳳詔看看到留不住江東小從容帷幄裏整頓乾坤了千百歲從今盡是中書考

江神子　和人韻

賸雲殘日弄陰晴晚山明小溪橫枝上綿蠻休作斷腸

聲但是青山山下路青到處總堪行　當年綵筆賦蕪城憶平生若爲情試把靈槎歸路問君平花底夜深寒較甚須拚却玉山傾

又

梨花著雨晚來晴月朧明淚縱横繡閣香濃深鎖鳳簫聲未必人知春意思還獨自遶花行　酒兵昨夜壓愁城太狂生轉關情寫盡胸中磈磊未全平却與平章珠玉價看醉裏錦囊傾

又 和陳仁和韻

玉簫聲遠憶驂鸞幾悲歡帶羅寬且對花前痛飲莫留殘歸去小窗明月狂雲一縷玉千竿　吴霜應點鬢雲斑綺窗閒夢連環說與東風歸與有無間芳草姑蘇臺下路和淚看小屏山

又

寶釵飛鳳鬢驚鸞望重歡水雲寬腸斷新來翠被粉香殘待得來時春盡也梅結子筍成竿　湘筠簾捲淚痕

斑珮聲閒玉垂環箇裏柔温容我老其間却笑平生三羽箭何日去定天山

又 和人韻

梅梅柳柳鬬纖穠亂山中爲誰容試著春衫依舊怯東風何處踏青人未去呼女伴認驕驄　兒家門户幾重重記相逢畫樓東明日重來風雨暗殘紅可惜行雲春不管裙帶褪鬢雲鬆

又 博山道中書王氏壁

一川松竹任横斜有人家被雲遮雪後踈梅時見兩三花比著桃源溪上路風景好不爭些　旗亭有酒徑須賒晚寒咱怎禁他醉裏匆匆歸騎自隨車白髮蒼顔吾老矣只此地是生涯

又

聞蟬蛙戲作

簟鋪湘竹帳籠紗醉眠些夢天涯一枕驚回水底沸鳴蛙借問喧天成鼓吹良自苦爲官耶　心空喧靜不爭多病維摩意云何掃地燒香且看散天花斜日綠陰枝

上噪還又問是蟬麽

又送元濟之歸豫章

亂雲擾擾水潺潺芙溪山幾時間更覺桃源人去隔僊凡桃源乃王氏酒壚與濟之送別處萬壑千巖樓外雪瓊作樹玉爲欄僊遊回首且加餐短蓬寒畫圖間見説嬌顰擁髻待君看二月東湖湖上路官柳嫩野梅殘

又賦梅寄余叔良

暗香横路雪垂垂晚風吹曉風吹花意爭春先出歲寒

枝畢竟一年春事了緣太早却成遲　未應全是雪霜姿欲開時未開時粉面朱脣一半點胭脂醉裏謗花花莫恨渾冷澹有誰知

又 别吳子似未寄潘德久

看君人物漢西都過吾廬笑談初便說公卿元自要通儒一自梅花開了後長怕說賦歸歟　而今别恨滿江湖怎消除算何如杖屨當時聞早放教疎今代故交新貴後渾不寄數行書

又　侍者請先生賦詞自壽

兩輪屋角走如梭太忙些怎禁他擬倩何人天上勸羲娥何似從容來左右傾美酒聽高歌　人生今古不消磨積教多似塵沙未必堅牢剗地實堪嗟莫道長生學不得學得待如何

又　和李能伯韻呈趙晉臣

五雲高處望西清玉階升棣華榮築屋溪頭樓觀畫難成長夜笙歌還起問誰放月又西沉　家傳鴻寶舊知

名看長生奉嚴宸且把風流水北畫着英尽尺西風詩
酒社石鼎句要彌明

青玉案 元夕

東風夜放花千樹更吹落星如雨寶馬雕車香滿路鳳
簫聲動玉壺光轉一夜魚龍舞　蛾兒雪柳黄金縷笑
語盈盈暗香去衆裏尋它千百度驀然迴首那人却在
燈火闌珊處

感皇恩 滁州壽 范倅

春事到清明十分花柳喚得笙歌勸君酒酒如春好春色年年依舊青春元不老君知否　席上看君竹清松瘦待與青春鬬長久三山歸路明日天香襟袖更持金盞起爲君壽

又

七十古來稀人人都道不是陰功怎生到松姿雖瘦偏奈雪寒霜曉看君雙鬢底青青好　樓雪初晴庭闈嬉笑一醉何妨玉壺倒從今康健不用靈丹仙艸更看一

百歲人難老

又 慶嬸母王恭人七十

七十古來稀未爲希有須是榮華更長久滿牀靴笏羅列兒孫新婦精神渾似箇西王母 遥想畫堂兩行紅袖妙舞清歌擁前後大男小女逐箇出來爲壽一箇一百歲一盃酒

又 讀莊子聞晦菴即世

案上數編書非莊即老會説忘言始知道萬言千句不

自能忘堪笑今朝梅雨霽青天好　一壑一邱輕衫短帽白髮多時故人少子雲何在應有玄經遺艸江河流日夜何時了

又壽鉛山陳丞及之

富貴不須論公應自有且把新詞祝公壽當年儇桂父子同攀希有人言金殿上他年久在冠冕　前周公拜手同日催班魯公後此時人羨綠鬢朱顔依舊親朋來賀喜休辭酒

行香子 三山作

好雨當春要趁歸耕况而今已是清明小窗坐地側聽簷聲恨夜來風夜來月夜來雲　花絮飄零鶯燕丁寧怕妨儂湖上閒行天心肯後費甚心情放霎時陰霎時雨霎時晴

又 山居客至

白露園蔬碧水溪魚笑先生釣罷還鋤小窗高臥風展殘書看北山移盤谷序輞川圖　白飯青蒭赤脚長鬚

客來時酒盡重沽聽風聽雨吾愛吾廬歎苦無心剛自瘦此君踈

又 博山戲呈趙昌甫韓仲止

少日嘗聞富不如貧貴不如賤者長存由來至樂總屬閒人且飲瓢泉弄秋水看停雲 歲晚情親老語彌真記前時勸我慇懃都休殢酒也莫論文把相牛經種魚法教兒孫

又 雲巖道中

雲岫如簪野漲挼藍向春闌綠醒紅酣青裙縞袂兩兩三三把麴生禪玉版局一時參　拄杖彎環過眼嵌巖岸輕烏白髮鬖鬖他年來種萬桂千杉聽小綿蠻新格磔舊呢喃

一翦梅 游蔣山呈葉丞相

獨立蒼茫醉不歸日莫天寒歸去來兮探梅踏雪幾何時今我來思楊柳依依　白石岡頭曲岸西一片閒愁芳艸萋萋多情山鳥不須啼桃李無言下自成蹊

又 中秋無月

憶對中秋月桂叢花在盃中月在盃中今宵樓上一尊同雲溼紗窗雨溼紗窗　渾欲乘風問化工路也難通信也難通滿堂惟有燭花紅盃且從容歌且從容

踏沙行 庚戌中秋後二夕帶湖篆岡小酌

夜月樓臺秋香院宇笑吟吟地人來去是誰秋到便凄涼當年宋玉悲如許　隨分盃盤等閒歌舞問他有甚堪悲處思量却也有悲時重陽節近多風雨

又 賦木犀

弄影闌干吹香嵒谷枝枝點點黄金粟未堪收拾付薫爐窗前且把離騷讀　奴僕葵花兒曹金菊一枝風露清涼足傍邊只欠箇姮娥分明身在蟾宫宿

又 賦稼軒集經句

進退存亡行藏用舍小人請學樊須稼衡門之下可棲遲日之夕矣牛羊下　去衛靈公遭桓司馬東西南北之人也長沮桀溺耦而耕卯何為是栖栖者

又 和趙國興知錄韻

吾道悠悠憂心悄悄最無聊處秋光到西風林外有啼鴉斜陽山下多衰艸　長憶商山當年四老塵埃也走咸陽道爲誰書到便幡然至今此意無人曉

定風波 莫春漫興

少日春懷似酒濃插花走馬醉千鍾老去逢春如病酒唯有茶甌香篆小簾櫳　卷盡殘花風未定休恨花開元自要春風試問春歸誰得見飛燕來時相遇夕陽中

又 大醉歸自葛園家人有痛飲之戒故書於壁

昨夜山翁倒載歸兒童應笑醉如泥試與扶頭渾未醒休問夢魂猶在葛家溪　欲覓醉鄉今古路知處温柔東畔白雲西起向綠窗高處看題徧劉伶元自有賢妻

又 用藥名招婺源馬荀仲游雨巖馬善醫

山路風來艸木香雨餘涼意到胡牀泉石膏肓吾已甚多病隄防風月費篇章　孤負尋常山間醉獨自應知揚子艸玄忙湖海早知身汗漫誰伴只甘松竹共凄涼

又 藥名

仄月高寒水石鄉倚空青碧對禪房白髮自憐心似鐵風月史君仔細與平章　平昝生涯節竹杖來往却慚沙鳥笑人忙便好賸留黃卷句誰賦銀鈎小艸晚天涼

又 施樞密聖與席上賦

春到蓬壺特地晴神仙隊裏相公行翠玉相挨呼小子須記笑簪花底是飛瓊　總是傾城來一處誰妒誰攜歌舞到園亭柳妒腰肢花妒艷聽著流鶯直是妒歌聲

又 席上送范先之游建鄴

聽我尊前醉後歌人生無柰别離何但使情親千里近須信無情對面是山河　寄語石頭城下水居士而今渾不怕風波借使未成鷗鷺伴經慣也應學得老漁蓑

又 三山送盧國華提刑約上元重來

少日猶堪話别離老來怕作送行詩極目南雲無雁過君看梅花也解寄相思　無限江山行未了父母不須和淚看旌旗後會丁寧何日是須記春風十里放燈時

又 用韻時國華置酒歌舞甚盛

莫望中州歎黍離元和盛德要君詩老去不堪誰似我歸臥青山活計費尋思　誰築詩壇高十丈直上看君斬將更搴旗歌舞正濃還有語記取鬚髯不似少年時

又 自和

金印纍纍佩陸離河梁更賦斷腸詩莫擁旌旗真箇去何處玉堂元自要論思　且約風流三學士同醉春風看試幾搶旗從此酒酣明月夜耳熱那邊應是說儂時

又 賦杜鵑花

百紫千紅過了春杜鵑聲苦不堪聞却解啼教春小住風雨空山招得海棠魂　恰似蜀宫當日女無數猩猩血染赭羅巾畢竟花開誰作主記取大都花屬惱花人

又 再用韻和趙晉臣敷文

野艸閒花不當春杜鵑却是舊知聞謾道不如歸去住梅雨石榴花又是離魂　前殿羣臣深殿女赭袍一點萬紅巾莫問興亡今幾許聽取花前毛羽已羞人

破陣子 為范南伯壽時南伯為張南軒辟宰盧溪南伯遲遲未行因作此以勉之

擲地劉郎玉斗挂帆西子扁舟千古風流今在此萬里功名莫放休君王三百州　燕雀豈知鴻鵠貂蟬元出兜鍪却笑盧溪如斗大肯把牛刀試手不壽君雙玉甌

又 為陳同甫賦壯詩以寄之

醉裏挑燈看劒夢回吹角連營八百里分麾下炙五十絃翻塞外聲沙場秋點兵　馬作的盧飛快弓如霹靂弦驚了却君王天下事贏得生前身後名可憐白髮生

又贈
行

少日春風滿眼而今秋葉辭柯便好消磨心下事也憶尋常醉後歌新來白髮多　明日扶頭顛倒倩誰伴舞婆娑我定思君挤瘦損君不思兮可奈何天寒將息呵

又趙晉臣敷文幼
女縣主覓詞

菩薩藂中慧眼碩人詩裏娥眉天上人間眞福相畫就描成好靨兒行時嬌更遲　勸酒偏多最劣笑時猶有些癡更著十年君看取兩國夫人更是誰殷勤秋水詞

又
峽石道中有懷吳子似縣尉

宿麥畦中雉鷕桑葉陌上蠶生騎火須防花月暗玉唾長攜綵筆行隔牆人笑聲　莫說弓刀事業依然詩酒功名千載途中今古事萬石溪頭長短亭小塘風浪平

時修圖經集亭堠途中之途當作圖

臨江仙
探梅

老去惜花心已嬾愛梅猶遶江村一枝先破玉溪春更無花態度全是雪精神　賸向青山餐秀色爲渠著句

清新竹根流水帶溪雲醉中渾不記歸路月黃昏

又 醉宿崇福寺寄祐之弟祐之以僕先歸

莫向空山吹玉笛壯懷酒醒心驚四更霜月太寒生被翻紅錦浪酒滿玉壺冰　小陸未須臨水笑山林我輩鍾情今宵依舊醉中行試尋殘菊處中路候淵明

又 再用韻送祐之弟歸浮梁

鍾鼎山林都是夢人間寵辱休驚只消閒處過平生酒盃秋吸露詩句夜裁氷　記取小窗風雨夜對牀燈火

多情問誰千里伴君行曉山眉樣翠秋水鏡般明

又

小靨人憐都惡瘦曲眉天與長顰沉思歡事惜腰身枕添離别淚粉落却深句　翠袖盈盈渾力薄玉笙嫋嫋愁新夕陽依舊倚窗塵葉紅苔欝碧深院斷無人

又

逗曉鶯啼聲昵昵掩關高樹冥冥小渠春浪細無聲井窗聽夜雨出鮮轆轤青　碧碧旋荒金谷路烏絲重記

蘭亭彊扶殘醉遶雲屏一枝風露溼花重入疎櫺

又 即席和韓南澗韻

風雨催春寒食近平原一片丹青溪頭喚渡柳邊行花飛蝴蝶亂桑嫩野蠶生　綠野先生閒袖手却尋詩酒功名未知明日定陰晴今宵成獨醉却笑衆人醒

又 爲岳母壽

住世都知菩薩行仙家風骨精神壽如山岳福如雲金花湯沐誥竹馬綺羅裙　更願昇平添喜事大家禱祝

殷勤明年此地慶佳辰一盃千歲酒重拜太夫人

又

和信守王道夫韻謝以為壽時僕作閩憲

記取年年為客夜只今明月相隨莫教絃管便生衣引壺觴自酌須富貴何時　入手清風詞更好細書白繭烏絲海山問我幾時歸棗瓜如可啖直欲覓安期

又

春色饒君白髮了不妨倚綠偎紅翠鬟催喚出房櫳垂肩金縷窄醮甲寶杯濃　睡起鴛鴦飛燕子門前沙暖

泥融畫樓人把玉西東舞低花外月唱徹柳邊風

又

金谷無煙宮樹綠嫩寒生怕春風博山微透暖薰籠小樓春色裏幽夢雨聲中　別浦鯉魚何日到錦書封恨重重海棠花下去年逢也應隨分瘦忍淚覓殘紅

又　戲為期思詹老壽

手種門前烏桕樹而今千尺蒼蒼田園只是舊耕桑盃盤風月夜簫鼓子孫忙　七十五年無事客不妨兩鬢

如霜綠窗剗地調紅妝更從今日醉三萬六千場

又

手撚黃花無意緒等閒行盡回廊捲簾芳桂散餘香枯荷難睡鴨踈雨暗添塘　憶得舊時攜手處如今水遠天長羅巾浥淚別殘更舊歡新夢裏閒處却思量

又　和葉仲洽賦羊桃

憶醉三山芳樹下幾曾風韻忘懷黃金顏色五花開味如盧橘熟貴似荔支來　聞道商山餘四老橘中自釀

秋醅試呼名品細推排重重香肺腑偏殢聖賢盃

又

冷雁寒雲渠有恨春風自滿余懷雯教無日不花開未須愁菊盡相次有梅來　醅多要安排不須連日醉且進兩三盃

又

侍者阿錢將行賦錢字以贈之

一自酒情詩興嬾舞裙歌扇闌珊好天良夜月團團杜陵眞好事留得一錢看　歲晚人欺程不識怎教阿堵

留連楊花榆莢雪漫天從今花影下只看綠苔圓

又 諸葛元亮席上見和再用韻

夜雨南堂新瓦響三更急雨珊珊交情莫作碎沙團死生貧富際試向此中看 記取他年耆舊傳與君名字牽連清風一枕晚涼天覺來還自笑此夢倩誰圓

又 壬戌歲生日書懷

六十三年無限事從頭悔恨難追已知六十二年非只應今日是後日又尋思 少是多非惟有酒何須過後

方知從今休似去年時病中留客飲醉裏和人詩

又 再用圓字韻

窄樣金盃休教了房櫳試聽珊珊莫教秋扇雪團團古今悲笑事長付後人看 記取桔槔春雨後短畦菊艾相連拙於人處巧於天君看流水地難得正方圓

又 戲為山園蒼壁解嘲

莫笑吾家蒼壁小稜層勢欲摩空相知惟有主人翁有心雄泰華無意巧玲瓏 天作高山難得料解嘲試倩

揚雄君看當日仲尼窮從人賢子貢自欲學周公

又 簪花屢墮戲作

鼓子花開春爛漫荒園無限思量今朝拄杖過西鄉急呼桃葉渡爲看牡丹忙　不管昨宵風雨橫依然紅紫成行白頭陪奉少年場一枝簪不住推道帽簷長

又

醉帽吟鞭花不住却招花共商量人生何必醉爲鄉從教斟酒淺休更和詩忙　一斗百篇風月地饒他老子

當行從今三萬六千場青青頭上髮還作柳絲長

又 昨日得家報牡丹漸開連日少雨多晴當年未有僕留龍安蕭寺諸君亦不果來豈牡丹留不住爲恨耶因取來韻爲牡丹一語

秪恐牡丹留不住與君約束分明未開微雨半開晴要花開定準又更與花盟 魏紫朝來將進酒玉盤盂樣先呈鞓紅似向舞腰橫風流人不見錦繡夜間行

又

老去渾身無著處天教只住山林百年光景百年心更

歡須歎息無病也呻吟　試向浮瓜沉李處清風散髮披襟莫嫌淺後更頻斟要他詩句好須是酒盃深

又　停雲偶作

偶向停雲堂上坐曉猿夜鶴驚猜主人何事太塵埃低頭還說向被召又重來　多謝北山山下老殷勤一語佳哉修君竹杖與芒鞋徑須從此去深入白雲堆

蝶戀花　和趙景明知縣韻

老去怕尋年少伴畫棟朱簾風月無人管公子看花朱

碧亂新詞攪斷相思怨　涼夜愁腸千百轉一雁西風錦字何時遣畢竟啼烏才思短喚回曉夢天涯遠

又　和楊濟翁韻首句用邱宗卿書中語

撿點笙歌多釀酒蝴蝶西園暖日明花柳醉倒東風眠晝錦覺來小院重攜手　可惜春殘風又雨收拾情懷閒把詩僝僽楊柳又經離别後腰肢近日和他瘦

又　和楊濟翁韻餞范南伯知縣歸京口

淚眼送君傾似雨不折垂楊只倩愁隨去有底風光留

不住煙波萬頃春江艪　老馬臨流癡不渡應惜障泥忘了尋春路身在稼軒安穩處書來不用多行數

又 席上贈楊濟翁侍兒

小小年華才月半羅幕春風幸自無人見剛道羞郎低粉面傍人瞥見回嬌盼　昨夜西池陪女伴柳困花慵見說歸來晚勸客持觴渾未慣未歌先覺花頭顫

又 用趙文鼎提舉送李正之提刑韻送鄭元英

莫向樓頭聽漏點說與行人默默情千萬總是離愁無

近遠人間兒女空悲怨　錦繡心胸氷雪面舊日詩名
曾道空梁燕傾蓋未償平日願一盃早唱陽關勸

又　客有燕語鸎啼人作遠之句用為首句

燕語鸎啼人作遠却恨西園依舊鸎和燕笑語十分愁
一半翠圍特地春光暖　只道書來無過雁不道柔腸
近日無腸斷柄玉莫摇湘淚點怕君喚作秋風扇

又　送祐之弟

衰艸斜陽三萬頃不算飄零天外孤鴻影幾許淒凉須

痛飲行人自向江頭醒　會少離多看兩鬢萬縷千絲
何況新來病不是離愁難整頓被他引惹爲他恨

又　元日立春

誰向椒盤簪綵勝整整韶華爭上春風鬢往日不堪重
記省爲花常把新春恨　春未來時先借問晚恨開遲
早又飄零近今歲花期消息定只愁風雨無憑準

又　月下醉書雨巖石浪

九畹芳菲蘭佩好空谷無人自怨蛾眉巧寶瑟泠泠千

古調朱絃經斷知音少　冉冉年華吾自老水滿汀洲
何處尋芳艸喚起湘纍歌未了石龍舞罷松風曉

又 用前韻送人行

意態憨生元自好學畫鴉兒舊日偏他巧蜂蝶不禁花
引調西園人去春風少　春色無情秋又老誰管閒愁
千里青青艸今夜情簪黃菊了斷腸明日霜天曉

又

洗盡機心隨法喜看取尊前秋思如春意誰與先生寛

髮齒醉時惟有歌而已　歲月何須溪上記千古黃花自有淵明比高臥石龍呼不起微風不動天如醉

又

何物能令公怒喜山要人來人要山無意恰似哀箏絃下齒千情萬意無時已　自要溪堂韓作記今代雲梯好語花難比老眼狂花空亂處銀鉤未見心先醉

小重山　席上和人韻送李子永提幹

旋製離歌唱未成陽關先畫出柳邊亭中年懷抱管絃

聲難忘處風月此時情　夜雨共誰聽儘教清夢去兩三程商量詩價重連城相如老漢殿舊知名

又 三山與客泛西湖

綠漲連雲翠拂空十分風月處著衰翁垂楊影斷岸西東君恩重教且種芙蓉　十里水晶宮有時騎馬去笑兒童殷勤却謝打頭風船兒住且醉浪花中

又 茉莉

倩得薰風染綠衣國香收不起透冰肌畧開些箇未多

時窗兒外却早被人知　越惱越嬌癡一枝雲鬢上那
人宜莫將他去比荼蘼分明是他更韻些兒

南鄉子

隔户語春鶯纔挂簾兒斂袂行漸見凌波羅韈步盈盈
隨笑隨顰百媚生　著意聽新聲盡是司空自教成今
夜酒腸難道窄多情莫放紗籠蠟炬明

又 舟中記夢

欹枕艣聲邊貪聽咿啞聒醉眠夢裏笙歌花底去依然

翠袖盈盈在眼前　别後兩眉尖欲説還休夢已闌只
記埋寃前夜月相看不管人愁獨自圓

又　慶前岡周氏旌表

無處著風光天上飛來詔十行父老歡呼童稚舞前岡
千載周家孝義鄉　艸木盡芬芳更覺溪頭水也香我
道烏頭門側畔諸郎準備他年晝錦堂

又　送趙國宜赴高安户曹

日日老萊衣更解風流蠟鳳嬉膝上放教文度去須知

要使人看玉樹枝　剩記乃翁詩緑水紅蓮覓舊題歸
騎春衫花滿路相期來歲流觴曲水時
又　登京口北固亭有懷
何處望神州滿眼風光北固樓千古興亡多少事悠悠
不盡長江滚滚流　年少萬兜鍪坐斷東南戰未休天
下英雄誰敵手曹劉生子當如孫仲謀
鷓鴣天　離豫章别司馬漢章大監
聚散匆匆不偶然三年歷遍楚山川但將痛飲酬風月

莫放離歌入管絃　縈緑帶黙青錢東湖春水碧連天
明朝放我東歸去後夜相思月滿船

又　和張子志提舉

別後妝成白髮新空教兒女笑陳人醉尋夜雨旗亭酒
夢斷東風輦路塵　騎騄駬荷青雲看公冠佩玉階春
忠言句句唐虞際便是人間要路津

又

樽俎風流有幾人當年未遇已心親金陵種柳歡娛地

庾嶺逢梅寂寞濵　樽似海筆如神故人南北一般春

玉人好把新妝樣淡畫着兒淺注脣

又 代人賦

晚日寒鴉一片愁柳塘新綠却温柔若教眼底無離恨

不信人間有白頭　腸已斷淚難收相思重上小紅樓

情知已被雲遮斷頻倚闌干不自由

又

陌上柔桑破嫩芽東隣蠶種已生些平岡細艸鳴黃犢

斜日寒林點莫鴉　山遠近路横斜青旗沽酒有人家
城中桃李愁風雨春在溪頭薺菜花

又

撲面征塵去路遥香篝漸覺水沉銷山無重數週遭碧
花不知名分外嬌　人歴歴馬蕭蕭旌旗又過小紅橋
愁邊剩有相思句摇斷吟鞭碧玉梢

又

唱徹陽闗淚未乾功名餘事且加餐浮天水送無窮樹

帶雨雲埋一半山　今古恨幾千般只今離合是悲歡
江頭未是風波惡別有人間行路難

又　鵝湖道中

一榻清風殿影涼涓涓流水響回廊千章雲木鈎輈叫
十里溪風穲稏香　衝急雨趁斜陽山園細路轉微茫
倦途却被行人笑只爲林泉有底忙

又　鵝湖歸病起作

枕簟溪堂冷欲秋斷雲依水晚來收紅蓮相倚渾如醉

白鳥無言定自愁　書咄咄且休休一丘一壑也風流
不知筋力衰多少但覺新來嬾上樓

又

指點芳尊特地開風帆莫引酒船回方驚共折津頭柳
却喜重尋嶺上梅　催月上喚風來莫愁𥪡罄恥金罍
只愁畫角樓頭起急管哀絃次第催

又

著意尋梅嬾便回何如信步兩三盃山纔好處行還倦

詩未成時雨早催　擕竹杖叓芒鞋朱朱粉粉野蒿開
誰家寒食歸寧女笑語柔桑陌上來

又

翠木千尋上薜蘿東湖經雨又增波只因買得青山好
却恨歸來白髮多　明畫燭洗金荷主人起舞客高歌
醉中只恨歡娱少無奈明朝酒醒何

又

困不成眠奈夜何情知歸未轉愁多暗將往事思量遍

誰把多情惱亂他　些底事誤人多不成眞箇不思家

嬌癡却妒香香睡喚起醒鬆說夢些

又　鄭守厚卿席上謝余伯山用其韻

夢斷京華故倦游只今芳草替人愁陽關莫作三疊唱

越女應須爲我留　看逸韻自名流青衫司馬且江州

君家兄弟眞堪笑箇箇能修五鳳樓

又　和人龍有所贈

趁得西風汗漫游見他歌後怎生愁事如芳草春長共

人似浮雲影不留　眉黛歛眼波流十年薄倖說揚州

明朝短棹輕衫夢只在溪南罨畫樓

又　徐衡仲撫幹惠琴不受

千丈陰崖百丈溪孤桐枝上鳳偏宜玉香落落雖難合

橫理庚庚定自奇山谷聽摘阮歌云立壁庚庚有橫理人散後月明時試

彈幽憤淚空垂不如却付騷人手留和南風解慍詩

又　用前韻和趙文鼎提舉賦雪

莫上扁舟訪剡溪淺斟低唱正相宜從教犬吠千家白

且與梅成一段奇　香暖處酒醒時畫簷玉筯已偷垂
笑君解釋春風恨倩拂蠻牋只費詩

又　重九席上

戲馬臺前秋鴈飛管絃歌舞更旌旗要知黄菊清高處
不入當年二謝詩　傾白酒遶東籬只於陶令有心期
明朝九日渾瀟灑莫使尊前欠一枝

又

有甚閒愁可皺眉老懷無緒自傷悲百年旋逐花陰轉

萬事長看鬢髮知　溪上枕竹間棋怕尋酒伴嬾吟詩

十分筋力誇彊健只比年時病起時

又 送范先之秋試

白苧新袍入嫩涼春蠶食葉響迴廊禹門已準桃花浪

月殿先收桂子香　鵬北海鳳朝陽又攜書劒路茫茫

明年此日青雲上卻笑人間舉子忙

又

一夜清霜變鬢絲怕愁剛把酒禁持玉人今夜相思不

想見頻將翠枕移　眞箇恨未多時也應香雪减些兒

菱花照面須頻記曾道偏宜淺畫眉

又 送歐陽國瑞入吳中

莫避春陰上馬遲春來未有不陰時人情輾轉閒中看

客路崎嶇倦後知　梅似雪柳如絲試聽别語慰相思

短蓬炊飯鱸魚熟除却松江枉費詩

又

木落山高一夜霜北風驅雁又離行無言每覺情懷好

不飲能令興味長　頻聚散試思量爲誰春艸夢池塘

中年長作東山恨莫遣離歌苦斷腸

又 席上再用韻

水底明霞十頃光天教鋪錦襯鴛鴦最憐楊柳如張緒

却笑蓮花似六郎　方竹簟小胡牀晚來消得許多涼

背人白鳥都飛去落日殘鴉更斷腸

又 石門道中

山上飛泉萬斛珠懸崖千丈落鼪鼯已通樵逕行還碍

似有人聲聽却無　閒畧彴遠浮屠溪南修竹有茅廬
莫嫌杖屨頻來往此地偏宜著老夫

又　敗棋罰賦梅雨

漠漠輕陰撥不開江南細雨熟黄梅有情無道東邊日
已怒重驚忽地雷　雲柱礎水接臺羅衣費盡博山灰
當時一識和羹味便道爲霖消息來

又　黄沙道中即事

句裏春風正翦裁溪山一片畫圖開輕鷗自趁虛船去

荒犬還迎野婦回　松共竹翠成堆要擎殘雪鬭疎梅
亂鴉畢竟無才思時把瓊瑤蹴下來

又　元溪不見梅

千丈冰溪百步雷柴門都向水邊開亂雲賸帶炊煙去
野水閒將日影來　穿窈窕過崔嵬東林試問幾時栽
動搖意態雖多竹點綴風流却欠梅

又　戲題村舍

鷄鴨成羣晚未收桑麻長過屋山頭有何不可吾方羨

要底都無飽便休　新柳樹舊沙洲去年溪打却邊流
自言此地生兒女不嫁余家即聘周

又　春日即事題毛村酒壚

春日平原薺菜花新耕雨後落羣鴉多情白髮春無奈
晚日青帘酒易賒　閒意態細生涯牛欄西畔有桑麻
青裙縞袂誰家女去趁蠶生看外家

又　睡起即事

水荇參差動綠波一池蛇影噤羣蛙因風野鶴飢猶舞

積雨山梔病不花　名利處戰爭多門前蠻觸日干戈
不知更有槐安國夢覺南柯日未斜

又

石壁虛雲積漸高溪聲遶屋幾週遭自從一雨花零落
却愛微風艸動揺　呼玉友薦溪毛殷勤野老著相邀
扶藜忽避行人去認是翁來却過橋

又送元濟之歸豫章

攲枕婆娑兩鬢霜起聽簷溜碎喧江那邊玉筯銷啼粉

這裏車輪轉别腸　詩酒社水雲鄉可看醉墨幾淋浪
畫圖却似歸家夢千里河山寸許長

又　尋菊花無有戲作

掩鼻人間臭腐腸古今惟有酒偏香自從來住雲煙畔
直到而今歌舞忙　呼老伴共秋光黄花何處避重陽
要知爛漫開時節直待西風一夜霜

又　席上吴子似諸友見和再用韻答之

翰墨諸公久擅場胸中書傳許多香都無絲竹銜盃樂

却有龍蛇落筆忙　閒意思老風光酒徒今有幾高陽

黃花不怯西風冷只怕詩人兩鬢霜

又

自古高人最可嗟只因疎嬾取名多居山一似庚桑楚

種樹眞成郭槖駞　雲子飯水晶瓜林間攜客更烹茶

君歸休矣吾忙甚要看蜂兒晚趁衙

又　三山道中

抛却山中詩酒窠却來官府聽笙歌閒愁做弄天來大

白髪栽培日許多　新劒戟舊風波天生予嬾奈予何
此身已覺渾無事却教兒童莫恁麽

又

點盡蒼苔色欲空竹籬茅舍要詩翁花餘歌舞歡娛外
詩在經營慘澹中　聽軟語笑衰容一枝斜墜翠鬟鬆
淺顰深笑誰看醉看取瀟然林下風

又 用前韻賦梅三山梅開時猶有青葉予時病齒

病繞梅花酒不空齒牙牢在莫欺翁恨無飛雪青松畔

却放疎花翠葉中　氷作骨玉爲容當年宫額鬢雲鬆
直須爛漫燒銀燭横笛難看一夜風

又

桃李漫山過眼空也宜惱損杜陵翁若將玉骨氷姿比
李蔡爲人在下中　尋驛使寄芳容壠頭休放馬蹄鬆
吾家籬落黄昏後剩有西湖處士風

又　有感

出處從來自不齊後車方載太公歸誰知寂寞空山裏

却有高人賦采薇　黄菊嫩晚香枝一般同是采花時
蜂兒辛苦多官府蝴蝶花間自在飛

又 讀淵明詩不能去手戲作小詞以送之

晚歲躬耕不怨貧隻雞斗酒聚比隣都無晉宋之間事
自是羲皇以上人　千載後百篇存更無一字不清眞
若教王謝諸郎在未抵柴桑陌上塵

又

鬓底青青無限春殘紅飛雪謾紛紛黄花也伴秋光老

何似尊前見在身　書萬卷筆如神眼看同輩上青雲

箇中不許兒童會只恐功名更過人

又戊午拜復職
奉祠之命

老退何曾説著官今朝放罪上恩寬便支香火眞祠奉

更綴文書舊殿班　扶病腳洗衰顔快從老病借衣冠

此身忘世渾容易使世相忘却自難

又和趙晉臣
敷文韻

綠鬢都無白髮侵醉時拈筆越精神愛將蕪語追前事

要把梅花比那人　回急雪遏行雲近時歌舞舊時情
君侯要識誰輕重看取金盃幾許深

又　和傅先之提舉賦雪

泉上長吟我獨清喜君未共雪爭明已驚並水鷗無色
更怪行沙蟹有聲　添爽氣動雄英奇因六出憶陳平
却嫌鳥雀投林去觸破當樓雲母屏

又　博山寺作

不向長安路上行却教山寺厭逢迎味無味處求吾樂

材不材間過此生　寧作我豈其卿人間走遍却歸耕
一松一竹眞朋友山鳥山花好弟兄

又 不寐

老病那堪歲月侵霎時光景值千金一生不負溪山債
百藥難醫書史淫　隨巧拙任浮沉人無同處面如心
不妨舊事從頭記要寫行藏入笑林

又 有客慨然談功名因追念少年時事戲作

壯歲旌旗擁萬夫錦襜突騎渡江初燕兵夜娖側角切銀

胡鞣漢箭朝飛金僕姑　追往事歎今吾春風不染白髭鬚却將萬字平戎策換得東家種樹書

又 祝良顯家牡丹一本

占斷雕欄只一株春風費盡幾工夫天香夜染衣猶溼國色朝酣醉未蘇　嬌欲語巧相扶不妨老幹自扶踈恰如翠幙高堂上來看紅衫百子圖

又 賦牡丹主人以謗花索賦解嘲

翠葢牙籤數百株楊家姊妹夜游初五花結隊香如霧

一朶傾城醉未蘇　閒小立困相扶夜來風雨有情無

愁紅慘緑今宵看恰似吴宫教陣圖

又　再賦

濃紫深黄一畫圖中間更有玉盤盂先裁翡翠裝成蓋

更點胭脂染透酥　香瀲灧錦糢糊主人長得醉工夫

莫攜弄玉欄邊去羞得花枝一朶無

又

去歲花枝把酒盃雪中曾見牡丹開而今紈扇薰風裏

又見踈枝月下梅 歡幾許醉方回明朝歸路有誰催
低聲待向他家道帶得歌聲滿耳來

又 壽吳子似縣尉時攝事城中

上巳風光好放懷故人猶未看花回茂林映帶誰家竹
曲水流傳第幾盃 擒錦繡寫瓊瑰長年富貴屬多才
要知此日生男好曾有周公祓禊來

又 寄葉仲洽

是處移花是處開古今興廢幾池臺背人翠羽偷魚去

抱藥黃鬚趂蝶來　揿老甕撥新醅客來且盡兩三盃
日高盤饌供何晚市遠魚鮭買未回

又 登一邱一壑偶成

莫殢春光花下遊便須準備落花愁百年雨打風吹却
萬事三平二滿休　將擾擾付悠悠此生於世百無憂
新愁次第相抛舍要伴春歸天盡頭

又 和吴子似山行韻

誰共春光管日華朱朱粉粉野蒿花閒愁投老無多子

酒病而今較減些　山遠近路横斜正無聊處管絃譁
去年醉後猶能記細數溪邊第幾家

又 過峽石用韻答吴子似

歎息頻年廩未高新詞空賀此卯遭遥知醉帽時時落
見説吟鞭步步摇　乾玉唾秃錐毛只今明月費招邀
最憐烏鵲南飛句不解風流見二喬

又 吴子似過秋水

秋水長廊水石間有誰來共聽潺潺羨君人物東西晋

分我詩名大小山　窮自樂晚方閒人間路窄酒盃寬
看君不了癡兒事又似風流靖長官

又和章泉趙昌父

萬事紛紛一笑中淵明把菊對秋風細看爽氣今猶在
惟有南山一似翁　情未好語言工三賢高致古來同
誰知止酒停雲老獨立斜陽數過鴻

瑞鷓鴣京口有懷山中故人

莫年不賦短長詞和得淵明數首詩君自不歸歸甚易

令猶未足何時　偷閒定向山中老此意須教鶴輩知聞道只今秋水上故人曾榜北山移

又　京口病中起登連滄觀偶成

聲名少日畏人知老去行藏與願違山𡵂舊曾呼遠志故人今有寄當歸　何人可覓安心法有客來觀杜德機却笑使君那得似清江萬頃白鷗飛

又

膠膠擾擾幾時休　一出山來不自由秋水觀中秋月夜

停雲堂下菊花秋　隨緣道理應須會過分功名莫彊求先自一身愁不了那堪愁上更添愁

又　乙丑奉祠歸舟次餘干賦

江頭日日打頭風憔悴歸來邴曼容鄭賈正應求死鼠葉公豈是好眞龍　孰居無事陪犀首未辦求封遇萬松却笑千年曹孟德夢中相對也龍鍾

又

期思溪上日千回樟木橋邊酒數盃人影不隨流水去

醉顏重帶少年來　疎蟬響澀林逾靜冷蝶飛輕菊半開不是長卿終慢世只緣多病又非才

稼軒詞卷三

欽定四庫全書

稼軒詞卷四

宋 辛棄疾 撰

玉樓春 席上贈別上饒黄倅

往年龍從堂前路路上人誇通判雨去年拄杖過瓢泉縣吏垂頭民歎語　學窺聖處文章古清到窮時風味苦尊前老淚不成行明日送君天上去

又 效白樂天體

少年才把笙歌醆夏日非長愁夜短因他老病不相饒把好心情都做嬾　故人別後書來勸乍可停盃彊喫飯云何相見酒邊時却道達人須飲滿

又　用韻答葉仲洽

狂歌擊碎村醪醆欲舞還憐衫袖短心如溪上釣磯閒身似道旁官堠嬾　山中有酒提壺勸好語憐君堪鮓飯至今有句落人間渭水秋風黃葉滿

又　用韻答吳子似縣尉

君如九醖臺粘醆我似茅柴風味短幾時秋水美人來長恐扁舟乘興嬾　高懷自飲無人勸馬有青芻奴白飯向來珠履玉簪人頗覺斗量車載滿

又　客有遊山者忘攜具而以詞來病不往索酒用韻以酧余時以病不往

山行日日妨風雨風雨晴時君不去牆頭塵滿短轅車門外人行芳艸路　城南東野應聯句好記琅玕題字處也應竹裏著行厨已向甕邊防吏部

又　再和

人間反覆成雲雨鳧雁江湖來又去十千一斗飲中仙
一百八盤天上路 舊時楓落吳江句今日錦囊無著
處看封關外水雲侯剩接山中詩酒部

又 戲賦雲山

何人半夜推山去四面浮雲猜是汝當時相對兩三峰
走遍溪頭無覓處 西風瞥起雲橫度忽見東南天一
柱老僧拍手笑相夸且喜青山依舊住

又 用韻答傅巖叟葉仲洽趙國興

青山不解乘雲去怕有愚公驚著汝人間踏地出租錢
借使移將無著處 三星昨夜光移度妙語來題橋上
柱黄花不插滿頭歸定向白雲遮且住

又

無心雲自來還去元共青山相爾汝霎時迎雨障崔嵬
雨過却尋歸路處 侵天翠竹何曾度遥見屹然星砥
柱今朝不管亂雲深來伴仙翁山下住

又

瘦筇倦作登高去却把黄花相爾汝嶺頭拭目望龍山
要在雲煙遮斷處　思量落帽人風度休説當年功紀
柱謝公直是愛東山畢竟東山留不住

又

風前欲勸春光住春在城南芳艸路未隨流落水邊花
且作飄零泥上絮　鏡中已有星星誤人不負春春自
負夢回人遠許多愁只在梨花風雨處

又

三三兩兩誰家婦聽取鳴禽枝上語提壺沽酒已多時婆餅焦時須早去　醉中忘却來時路借問行人家住處只尋古廟那邊行更過溪南烏桕樹

又　寄題文山鄭元英巢經樓

悠悠莫向文山去要把襟裾牛馬汝遥知書帶艸邊行正在雀羅門裏住　平生插架昌黎句不似拾柴東野苦侵天且擬鳳凰巢掃地從他鸜鵒舞

又　樂令謂衛玠人未嘗夢擣虀餐鐵杵乘車入鼠穴以謂世無是事而有是理樂所謂無猶云有

也戲作數語以明之

有無一理誰差别樂令區區猶未達事言無處未嘗無試把所無憑理說 伯夷飢采西山蕨何異搗虀餐杵鐵仲尼去衛又之陳此是垂車穿鼠穴

又 隱湖戲作

客來底事逢迎晚行裏鳴禽尋未見日高猶苦聖賢心門外誰酣蠻觸戰 多方爲渴泉尋徧何日成陰松種滿不辭長向水雲來只怕頻頻魚鳥倦

又　有自九江以石作觀音像持送者因以詞賦之

琵琶亭畔多芳艸時對香爐峰一笑偶然重傍玉溪行不是白頭誰覺老　普陀大士神通妙影入石頭光了了看來將獻可無言長似慈悲顏色好

又　乙丑京口奉祠西歸將至仙人磯

江頭一帶斜陽樹總是六朝人住處悠悠興廢不關心惟有沙洲雙白鷺　仙人磯下多風雨好卸征帆留不住直須抖擻盡塵埃却趁新涼秋水去

鵲橋仙 為人慶八十席上戲作

朱顏暈酒方瞳點漆閒傍松邊倚杖不須更展畫圖看是箇壽星的模樣　今朝盛事一盃深勸更把新詞齊唱人間八十最風流長貼在兒孫額上

又 和范先之送祐之弟歸浮梁

小窗風雨從今便憶中夜笑談清軟啼鴉衰柳自無聊更管得離人腸斷　詩書事業猶在青氈頭上貂蟬會見莫貪風月臥江湖道日近長安路遠

又 壽徐伯熙察院

鷹冠風采繡衣聲價曾把經綸少試看看有詔日邊來便入侍明光殿裏　東君未老花明柳媚且引玉觥沉醉好將三萬六千場自今日從頭數起

又 已酉山行書所見

松岡避暑茆簷避雨閒去閒來幾度醉扶怪石看飛泉又却是前回醒處　東家娶婦西家歸女燈火門前笑語釀成千頃稻花香夜夜費一天風露

又 慶岳母八十

八旬慶會人間盛事齊勸一盃春釀臙脂小字點眉間猶記得舊時宫樣 綵衣更著功名富貴直過太公以上大家著意記新詞遇著箇十年便唱

又 贈鷺鷥

溪邊白鷺來吾告汝溪裏魚兒堪數主憐汝汝又憐魚要物我欣然一處 白沙遠浦青泥别渚剩有鰕跳鰍舞聽君飛去飽時來看頭上風吹一縷

又 席上和趙晉臣敷文

少年風月少年歌舞老去方知堪羨歎折腰五斗賦歸來問走了羊腸幾遍　高車駟馬金章紫綬傳語渠儂穩便問東湖帶得幾多春且看淩雲筆健

西江月 采石岸戲作漁父詞

千丈懸崖削翠一川落日鎔金白鷗來往本無心選甚風波一任　别浦魚肥堪膾前村酒美重斟千年往事已沉沉閒管興亡則甚

又壽范南伯知縣

秀骨青松不老新詞玉佩相磨靈槎準擬泛銀河剩摘天星幾箇南伯去歲七月生子奠枕樓頭風月駐春亭上笙歌留君一醉意如何金印明年斗大

又和楊民瞻賦丹桂韻

宮粉厭塗嬌額濃粧再厭秋花西真人醉憶仙家飛珮丹霞羽化　十里芬芳未足一亭風露先加杏腮桃臉費鉛華終慣秋蟾影下

又 癸丑正月四日三山被召經從建安席上和陳安行舍人韻

風月亭危致爽管絃聲脆休催主人只是舊情懷錦瑟傍邊須醉　玉殿何曾儂去沙堤正要公來看看紅藥又翻階趁取西湖春會

又 用韻和李兼濟提舉

且對東君痛飲莫教華髮空催瓊瑰千字已盈懷消得津頭一醉　休唱陽關別去只今鳳詔歸來五雲兩兩望三台已覺精神聚會

又　三山作

貪數明朝重九不知過了中秋人生有得許多愁只有黄花如舊　萬象亭中殢酒九仙閣上扶頭城鴉唤我醉歸休細雨斜風時候

又　夜行黄沙道中

明月别枝驚鵲清風半夜鳴蟬稻花香裏説豐年聽取蛙聲一片　七八箇星天外兩三點雨山前舊時茆店社林邊路轉溪橋忽見

又 春晚

謄欲讀書已嬾只今多病長閒聽風聽雨小窗眠過了春光太半　往事數尋去鳥消愁難解連環流鶯不肯入西園喚起畫梁飛燕

又 木犀

金粟如來出世蘂宮仙子乘風清香一袖意無窮洗盡塵緣千種　長爲西風作主更居明月光中十分秋意與玲瓏拚却今宵無夢

又 壽祐之弟時新居落成

畫棟新垂簾幙華燈未放笙歌一盃瀲灧泛金波先向大夫稱賀　富貴無應自有功名不用渠多只將綠鬢抵羲娥金印須教斗大

又 遣興

醉裏且貪歡笑要愁那得工夫近來始覺古人書信著全無是處　昨夜松邊醉倒問松我醉何如只疑松動要來扶以手推松曰去

又 和趙晉臣敷文賦秋水瀑泉

八萬四千偈后更誰妙語披襟紉蘭結佩有同心喚取

詩翁來飲　鏤玉裁氷著句高山流水知音胸中不受

一塵侵却怕靈均獨醒

又 悠然閣

一柱中擎遠碧兩峯旁聳高寒橫陳削盡短長山莫把

一分增減　我望雲煙目斷人言風景天慳被公詩筆

盡追還重上層梯一覽

又 示兒曹以家事付之

萬事雲煙忽過百年蒲柳先衰而今何事最相宜宜醉宜遊宜睡早趂催科了納更量出入收支廼翁依舊管些兒管竹管山管水

又

粉面都成醉夢霜髯能幾春秋來時送我伴牢愁一見尊前似舊詩在陰何側畔字居羅趙前頭錦囊來往幾時休已遣蛾眉等候

朝中措 醉歸祐之弟

藍輿嫋嫋破重岡玉笛兩紅妝這裏都愁酒盡那邊正和詩忙 爲誰醉倒爲誰歸去都莫思量白水東邊籬落斜陽欲下牛羊

又

夜深殘月過山房睡覺北窗涼起遶中庭獨步一天星斗文章 朝來客話山林鍾鼎那處難忘君向沙頭細問白鷗知我行藏

又為人壽

年年黃菊艷秋風更有拒霜紅黃似舊時宮額紅如此日芳容　青青未老尊前要看兒輩平戎試釀西江為壽西江綠水無窮

又

年年金蘂艷西風人與菊花同霜鬢經春重綠仙姿不飲長紅　焚香度日儘從容笑語調兒童一歲一盃為壽從今更數千鍾

又 九日小集時楊世長將赴南宫

年年團扇怨秋風愁絶玉盃空山下臥龍丰度臺前戲馬英雄　而今休也花殘一似人老花同莫怪東籬韻減只今丹桂香濃

清平樂 博山道中即事

柳邊飛鞚露濕征衣重宿鷺窺沙孤影動應有魚鰕入夢　一川明月疎星浣沙人影娉婷笑背行人歸去門前稚子啼聲

又

茅簷低小溪上青青艸醉裏吳音相媚好白髮誰家翁媪大兒鋤豆溪東中兒正織雞籠最喜小兒亡賴溪頭看剝蓮蓬

又 獨宿博山王氏菴

遶牀飢鼠蝙蝠翻燈舞屋上松風吹急雨破紙窗間自語　平生塞北江南歸來華髮蒼顏布被秋宵夢覺眼前萬里江山

又檢校山園書所見

連雲松竹萬事從今足拄杖東家分社肉白酒牀頭初熟　西風梨棗山園兒童偷把長竿莫遣旁人驚去老夫靜處閒看

又

斷崖松竹竹裏藏冰玉路轉清溪三百曲香滿黃昏雪屋　行人繫馬疎籬折殘猶有高枝留得東風數點只緣嬌嫩春遲

又 爲兒鐵柱作

靈皇醮罷福祿都來也試引鵷鶵花樹下斷了驚驚怕怕從今日日聰明更有潭妹嵩兒看取辛家鐵柱無災無難公卿

又 木犀

月明秋曉翠蓋團團好碎剪黄金敷恁小都著葉兒遮了　打來休似年時小窗能有高低無賴許多香處只消三兩枝兒

又再賦

東園向曉，陣陣西風，好喚起、仙人金小。小翠羽玲瓏裝了。一枝枕畔，開時羅幃翠幙，垂低恁地，十分遮護，打窗早有蜂兒。

又憶吳江賞木犀

少年痛飲，憶向吳江醒。明月團團高樹影，十里水沉煙冷。大都一點宮黃，人間直恁芬芳。怕是秋天風露，染教世界都香。

又壽信守王道夫

此身長健還却功名願枉讀平生三萬卷滿酌金盃聽勸男兒玉帶金魚能消幾許詩書料得今宵醉也兩行紅袖爭扶

又壽趙民則提刑時新除且素不喜飲

詩書萬卷合上明光殿案上文書看來遍看裏陰功早見十分竹瘦松堅看君自是長年若解尊前痛飲精神便是神仙

又題上盧橋

清泉犇快不管青山礙十里盤盤平世界更著溪山襟帶　古今陵谷茫茫市朝往往耕桑此地居然形勝似曾小小興亡

又

清詞索笑莫厭銀盃小應是天孫新與巧剪恨裁愁句好　有人夢斷關河小窗日飲亡何想見重簾不捲淚痕滴盡湘娥

又 呈趙昌甫時僕以病止酒昌甫作詩數篇末及之

雲煙艸樹山北山南雨溪上行人相背去惟有啼鴉一處門前萬斛春寒梅花可𣉙摧殘使我長忘酒易要君不作詩難

又 書王德由主簿扇

溪回沙淺紅杏都開遍鸂鶒不知春水煖猶傍垂楊春岸片帆千里輕船行人想見欹眠誰似先生高舉一行白鷺青天

好事近 中秋席上和王路鈐

明月到今宵，長是不如人約。想見廣寒宮殿，正雲梳風掠。夜深休更喚笙歌，簷頭雨聲惡。不是小山詞就，這一場寥索。

又 送李復州致一席上和韻

和淚唱陽關，依舊字嬌聲穩。回首長安何處，怕行人歸晚。垂楊折盡只啼鴉，把離愁勾引。却笑遠山無數，被行雲低損。

又 席上和王道夫賦元夕立春

綵勝鬭華燈，平把東風吹却。喚取雪中明月，伴使君行樂。紅旗鐵馬響春冰，老去此情薄。惟有前村梅在，倩一枝隨著。

又 和城中諸友韻

雲氣上林梢，畢竟非空非色。風景不隨人去，到而今留得。老無情味到篇章，詩債怕人索。却喜近來林下，有許多詞客。

菩薩蠻 金陵賞心亭為葉丞相賦

青山欲共高人語聯翩萬馬來無數煙雨却低回望來終不來　人言頭上髮總向愁中白拍手笑沙鷗一身都是愁

又 用前韻

錦書誰寄相思語天邊數徧飛鴻數一夜夢千回梅花入夢來　漲痕紛樹髮霜落瀟湘白心事莫驚鷗人間千萬愁

又

江山病眼昏如霧送愁直到津頭路歸念樂天詩人生足別離　雲屏深夜語夢到君知否玉筯莫偷垂斷腸天不知

又 書江西造口壁

鬱孤臺下清江水中間多少行人淚西北是長安可憐無數山　青山遮不住畢竟東流去江晚正愁余山深聞鷓鴣

又

西風都是行人恨馬頭漸喜歸期近試上小紅樓飛鴻字字愁　闌干閒倚處一帶山無數不似遠山横秋波相共明

又

功名飽聽兒童說看公兩眼明如月萬里勒燕然老人書一編　玉階方寸地好趣風雲會他日赤松游依然萬户侯

又 送祐之弟歸浮梁

無情最是江頭柳長條折盡還依舊木葉下平湖雁來書有無　雁無書尚可好語憑誰和風雨斷腸時小山生桂枝

又 送鄭守厚卿赴闕

送君直上金鑾殿情知不久須相見一日甚三秋愁來不自由　九重天一笑定是留中了白髮少經過此時愁奈何

又 送曹君之莊所

人間歲月堂堂去勸君快上青雲路堅處一燈傳工夫螢雪邊　麯生風味惡孤負西窗約沙岸片帆開寄書無雁來

又 席上分賦得櫻桃

香浮乳酪玻璃盌年年醉裏嘗新慣何物比春風歌脣一點紅　江湖清夢斷翠籠明光殿萬顆瀉輕勻低頭愧野人

又 賦阮
摘阮
琴斜挂香羅綬玉纖初試琵琶手桐葉雨聲乾珍珠落玉盤 朱絃調未慣笑倩東風伴莫作別離聲且聽雙鳳鳴

又 雪樓賞牡丹席上用楊民瞻韻
紅芽籤上羣仙客翠羅蓋底傾城色和雨淚闌干沉香亭北看 東風休放去怕有流鶯訴試問賞花人曉妝匀未匀

又 和盧國華提刑

旌旗依舊長亭路尊前試點鶯花數何處捧心顰人間別樣春　功名君自許少日聞雞舞詩句到梅花春風十萬家

卜算子 尋春作

脩竹翠蘿寒遲日江山暮幽逕無人獨自芳此恨知無數　只共梅花語懶逐遊絲去著意尋春不肯香香在無尋處

又 爲人賦荷花

紅粉靚梳粧翠蓋低風雨占斷人間六月涼明月鴛鴦浦　根底藕絲長花裏蓮心苦只爲風流有許愁更襯佳人步

又 聞李正之茶馬訃音

欲行且起行欲坐重來坐坐坐行行有倦時更枕閒書卧　病是近來身懶是從前我淨掃瓢泉竹樹陰且恁隨緣過

又 飲酒

盜跖儻名邱孔子如名跖跖聖邱愚直到今美惡誰分也 簡策寫虛名螻蟻侵枯骨千古光陰一霎時且進盃中物

又 用莊語

一以我爲牛一以我爲馬人與之名受不辭善學莊周者 江海任虛舟風雨從飄瓦醉者乗車墜不傷全得於天也

又 漫興

夜雨醉瓜廬春水行秧馬點檢田間快活人未有如翁者 掃禿兎毫錐磨透銅臺瓦誰伴揚雄作解嘲烏有先生也

又

珠玉作泥沙山谷量牛馬試上纍纍卭壠看誰是彊梁者 水浸淺深簷山壓高低瓦山水朝來笑問人翁早歸來也

又

漢代李將軍奪得胡兒馬李蔡爲人在下中却是封侯者　芸艸去陳根覓竹添新瓦萬一朝廷舉力田舍我其誰也

又　用韻答趙晉臣敷文趙有眞得歸方是閒堂

百郡怯登車千里輸流馬乞得膠膠擾擾身却笑區區者　野水玉鳴渠急雨珠跳瓦一榻清風方是閒眞是歸來也

又

萬里只浮雲一噴空凡馬歎息曹瞞老驥詩伏櫪如公者山鳥哢窺簷野鼠飢翻瓦老我癡頑合住山此地菟裘也

又 齒落

剛者不堅牢柔的難摧挫不信張開口角看舌在牙先墮已闕兩邊廂又豁中間箇說與兒曹莫笑翁狗竇從君過

又 飲酒成病

一箇去學仙一箇去學佛仙飲千盃醉似泥皮骨如金石 不飲便康彊佛壽須千百八十餘年入涅盤且進盃中物

又 飲酒不寫書

一飲動連宵一醉長三日廢盡寒温不寫書富貴何由得 請看塚中人塚似當時筆萬札千言只恁休且進盃中物

醜奴兒 醉中有歌此詩以勸酒者聊檃括之

晚來雲淡秋光薄落日晴天落日晴天堂上風斜畫燭煙　從渠去買人間恨字字都圓字字都圓腸斷西風十四絃

又

尋常中酒扶頭後歌舞支持歌舞支持誰把新詞喚住伊　臨岐也有傍人笑笑已爭知笑已爭知明月樓空燕子飛

又 書博山道中壁

煙蕪露芟荒池柳洗雨烘晴洗雨烘晴一様春風幾様青 提壺脱袴催歸去萬恨千情萬恨千情各自無聊各自鳴

又

此生自斷天休問獨倚危樓獨倚危樓不信人間别有愁 君來正是眠時節君且歸休君且歸休說與西風一任秋

又

少年不識愁滋味愛上層樓愛上層樓爲賦新詞彊說
愁　而今識盡愁滋味欲說還休欲說還休却道天涼
好箇秋

又

近來愁似天來大誰解相憐誰解相憐又把愁來做箇
天　都將今古無窮事放在愁邊放在愁邊却自移家
向酒泉

又 和鉛山陳簿韻二首

鵝湖山下長亭路明月臨關明月臨關幾陣西風落葉乾　新詞誰解裁冰雪筆墨生寒筆墨生寒會說離愁千萬般

又

年年索盡梅花笑疏影黄昏疏影黄昏香滿東風月一痕　清詩冷落無人寄雪豔冰魂雪豔冰魂浮玉溪頭煙樹村

浣溪沙 漫興作

未到山前騎馬回風吹雨打已無梅共誰消遣兩三盃
一似舊時春意思百無事處老形骸也曾頭上戴花
來

又 黃沙嶺

寸步人間百十樓孤城春水一沙鷗天風吹樹幾時休
突兀趁人山石很朦朧避路野花羞人家平水廟東
頭

又 壽內子

壽酒同斟喜有餘朱顔却對白髭鬚兩人百歳恰乘除婚嫁剩添兒女拜平安頻拆外家書年年堂上壽星圖

又 瓢泉偶作

新葺茆簷次第成青山恰對小窗横去年曾共燕經營病却盃盤甘止酒老依香火苦翻經夜來依舊管絃聲

又 壬子春赴閩別瓢泉

細聽春山杜宇啼一聲聲是送行詩朝來白鳥背人飛

對鄭子真巖石臥赴陶元亮菊花期而今堪誦北山移

又 常山道中即事

北隴田高踏水頻西溪禾早已嘗新隔牆沽酒煑纖鱗

忽有微涼何處雨更無留影霎時雲賣瓜人過竹邊村

又 偕杜叔高吴子似宿山寺戲作

花向今朝粉面勻柳因何事翠眉顰東風吹雨細於塵自笑好山如好色只今懷樹更懷人閒愁閒恨一翻新

又

歌串如珠箇箇勻被花勾引笑和顰向來驚動畫梁塵莫倚笙歌多樂事相看紅紫又拋人舊巢還有燕泥新

又

父老爭言雨水勻着頭不似去年顰殷勤謝却甑中塵

啼鳥有時能勸客小桃無賴巳撩人梨花也作白頭

新

又 別杜叔高

這裏裁詩話别離那邊應是望歸期人言心急馬行遲

去雁無憑傳錦字春泥抵死汚人衣海棠過了有荼

蘼

又 席上趙景山提幹賦溪臺和韻

臺倚崩崖玉滅痕青山却作捧心顰遠林煙火幾家村 引入滄浪魚得計展成寥闊鶴能言幾時高處見層軒

又

妙手都無斧鑿痕飽參佳處却成顰恰如春入浣花村 筆墨今宵光有艶管絃從此悄無言主人席次兩眉軒

又 種松未成

艸木於人也作踈秋來咫尺異榮枯空山歲晚孰華余孤竹君窮猶抱節赤松子嬾已生鬚二主人相愛肯留無

又 種梅菊

百世孤芳肯自媒直須詩句與推排不然喚起酒邊來自有陶潛方有菊若無和靖即無梅秪今何處向人開

又 別澄上人并送性禪師

梅子生時到幾回桃花開後不須猜重來松竹意徘徊
慣聽禽聲應可譜飽觀魚陣已能排晚風挾雨喚歸
來

山花子 答傅嵓叟酬春之約

艷杏夭桃兩行排莫攜歌舞去相催次第未堪供醉眼
去年栽 春意纔從梅裏過人情都向柳邊來咫尺東
家還又有海棠開

又 用韻謝傅嵒叟瑞香之惠

句裏明珠字字排多情應也被春催怪得名花和淚送雨中栽　赤腳未安芳斛穩娥着早把橘枝來報道錦薰籠底下麝臍開

又 三山戲作

記得瓢泉快活時長年耽酒更吟詩驀地捉將來斷送老頭皮　遶屋人扶行不得閒窗學得鷓鴣啼却有杜鵑能勸道不如歸

又

日日閒看燕子飛舊巢新壘畫簾低王歴今朝推戊巳卻銜泥　先自春光留不住那看雯著子規啼一陣晚香吹不斷落花溪

又　與客賞山茶一朶忽墮地戲作

酒面低迷翠被重黃昏院落月朦朧墮髻啼粧孫壽醉泥秦宮　試問花留春幾日畧無人管雨和風瞥向緑珠樓下見墜殘紅

又 簡傅嵓叟

總把平生入醉鄉大都三萬六千場今古悠悠多少事莫思量 微有寒春雨好更無尋處野花香年去年來還又笑燕飛忙

又 用前韻謝傅嵓叟餽名花鮮蕈

楊柳溫柔是故鄉紛紛蜂蝶去年場大率一春風雨事最難量 滿把攜來紅粉面堆盤更覺紫芝香幸自麯生閒去了又教忙 纔止酒

又 病起獨坐停雲

彊欲加餐竟未佳只宜長伴病僧齋心似風吹香篆過也無灰 山下朝來雲出岫隨風一去未曾回次第前村行雨了合歸來

虞美人 賦荼蘼

羣花泣盡朝來露爭奈春歸去不知庭下有荼蘼偷得十分春色怕春知 淡中有味清中貴飛絮殘紅避露華微浸玉肌香恰似楊妃初試出蘭湯

又 壽趙文鼎提舉

翠屏羅幙遮前後舞袖翻長壽紫髯冠佩御爐香看取明年歸奉萬年觴 今宵池上蟠桃席咫尺長安日寶煙飛焰萬花濃試看中間白鶴駕仙風

又 用前韻

一盃莫落他人後富貴功名壽胸中書傳有餘香寫得蘭亭小字記流觴 問誰分我漁樵席江海消閒日看看天上拜恩濃却怕畫樓無處著春風

又 賦虞美人艸

當年得意如芳艸日日春風好拔山力盡忽悲歌飲罷虞兮從此奈君何　人間不識精誠苦貪看青青舞驀然歛袂却亭亭怕是曲中猶帶楚歌聲

浪淘沙 山寺夜半聞鐘

身世酒盃中萬事皆空古來三五箇英雄雨打風吹何處是漢殿秦宮　夢入少年叢歌舞匆匆老僧夜半誤鳴鐘驚起西窗眠不得捲地西風

又 賦虞美人艸

不肯過江東玉帳匆匆只令艸木憶英雄唱著虞兮當日曲便舞春風 兒女此情同往事朦朧湘娥竹上淚痕濃舜目重瞳堪痛恨羽又重瞳

又 送吳子似縣尉

金玉舊情懷風月追陪扁舟千里興佳哉不似子猷行半路却棹船回 來歲菊花開記我清盃西風雁過鎖山臺把似倩他書不到好與同來

減字木蘭花　宿僧房有作

僧窗夜雨茶鼎熏爐宜小住却恨春風勾引詩來惱殺翁　狂歌未可且把一尊料理我我到亡何却聽農家陌上歌

又　壽

昨朝官告一百五年村父老叟莫驚疑剛道人生七十稀　使君喜見恰限華堂開壽宴問壽如何百代兒孫擁太婆

又 長沙道中壁上有婦人題字若有恨者用其意爲賦

盈盈淚眼往日青樓天樣遠秋月春花輸與尋常姊妹家　水村山驛日暮行雲無氣力錦字偷裁立盡西風雁不來

南歌子 山中夜坐

世事從頭減秋懷徹底清夜深猶送枕邊聲試問清溪底事未能平　月到愁邊白雞先遠處鳴是中無有利和名因甚山前未曉有人行

又 獨坐蔗菴

玄入參同契禪依不二門細看斜日隙中塵始覺人間何處不紛紛　病笑春先到閒知懶是眞百般啼鳥苦撩人除却提壺此外不堪聞

又 新開池戲作

散髮披襟處浮瓜沉李時涓涓流水細侵階鑿箇池兒喚箇月兒來　畫棟頻搖動紅蕖盡倒開鬬匀紅粉照香腮有箇人兒把箇鏡兒猜

醉太平 春景

態濃意遠眉顰笑淺薄羅衣窄絮風軟鬢雲欺翠捲南園花樹春光暖香徑裏榆錢滿欲上鞦韆又驚嬾且歸休怕晚

漁家傲 為余伯熙察院壽信之讖云水打烏龜石三台出此時伯熙舊居城西直龜山之北溪水齧山足矣意伯熙當之耶伯熙學道有新功一日語余云溪上嘗得異石有文隱然如記姓名且有長生等字余未之見也因其生朝姑摭二事為詞以壽之

道德文章傳幾世到君合上三台位自是君家門户事

當此際龜山正抱西江水　三萬六千排日醉鬢毛只恁青青地江裏石頭爭獻瑞分明是中間有箇長生字

錦帳春　杜叔高席上

春色難留酒盃常淺更舊恨新愁相間五更風千里夢看飛紅幾片這般庭院　幾許風流幾般嬌嬾問相見何如不見燕飛忙鶯語亂恨重簾不捲翠屏平遠

太常引　建康中秋夜為呂潛叔賦

一輪秋影轉金波飛鏡又重磨把酒問姮娥被白髮欺

人奈何　乘風好去長空萬里直下看山河斫去桂婆娑人道是清光更多

又 壽韓南澗尚書

君王著意履聲間便合押紫宸班今代又尊韓道吏部文章泰山　一盃千歲問公何事早伴赤松閒功業後來看似江左風流謝安

又 賦十四絃

仙機似欲織纖羅髣髴度金梭無奈玉纖何却彈作清

商恨多　朱簾影裏如花半面絶勝隔簾歌世路苦風波且痛飲公無渡河

又壽趙晉臣敷文

論公耆德舊宗英吳季子百餘齡奉使老於行更看舞聽歌最精　須同衞武九旬人相業竹自青青富貴出長生記門外清溪姓彭彭溪晉臣居也

東坡引閨怨

玉纖彈舊怨還敲繡屏面清歌自送西風雁雁行吹字

斷雁行吹字斷　夜淚拜月瑣窗西畔但桂影空階
滿翠帷自掩無人見羅衣寬一半羅衣寬一半

又

君如梁上燕妾如手中扇團團青影雙雙伴秋來腸欲
斷秋來腸欲斷　黄昏淚眼青山隔岸但咫尺如天遠
病來只謝傍人勸龍華三會願龍華三會願

又

花梢紅未足條破驚新緑重簾下徧闌干曲有人春睡

熟有人春睡熟　鳴禽破夢雲偏目蹙起來香腮褪紅玉花時愛與愁相續羅裙過半幅羅裙過半幅

夜遊宮　苦俗客

幾箇相知可喜才廝見說山說水顛倒爛熟只這是怎奈何一回說一回美　有箇尖新底說底話非名非利說的口乾罪過你且不罪俺畧起去洗耳

戀繡衾　無題

長夜偏冷添被兒枕頭兒移了又移我自是笑別人底

却元來當局者迷　如今只恨因緣淺也不曾抵死恨伊合手下安排了那筵席須有散時

杏花天 無題

病來自是於春嬾但別院笙歌一片蛛絲網遍玻瓈盞更問舞裙歌扇　有多少鶯愁蝶怨甚夢裏春歸不管楊花也笑人情淺故故沾衣撲面

又

牡丹昨夜方開徧畢竟是今年春晚荼蘼付與薰風管

燕子忙時鶯嬾　多病起日長人倦不待得酒闌歌散
甫能得見茶甌面却早安排腸斷

又　嘲牡丹

牡丹比得誰顔色似宫中太真第一漁陽鞞鼓邊風急
人在沉香亭北　買栽池館多何益莫虛把千金拋擲
若教解語應傾國一箇西施也得

唐河傳　做花間體

春水千里孤舟浪起夢攜西子覺來村巷夕陽斜幾家

短牆紅杏花　晚雲做造些兒雨折花去岸上誰家女
太顛在那邊柳線被風吹上天

醉花陰　為人壽

黄花謾説年年好也趁秋光老緑鬢不驚秋若鬭尊前
人好花堪笑　蟠桃結子知多少家住三山島何日跨
飛鸞滄海飛塵人世因緣了

品令　族姑慶八十來索俳語

更休説便是箇住世觀音菩薩甚今年容貌八十歲見

底道纔十八　莫獻壽星香燭莫祝靈椿龜鶴只消得把筆輕輕去十字上添一撇

惜分飛　春思

翡翠樓前芳草路寶馬墜鞭暫駐最是周郎顧幾度歌聲誤　望斷碧雲空日暮流水桃源何處聞道春歸去更無人管飄紅雨

柳梢青　和范先之席上賦牡丹

姚魏名流年年攬斷雨恨風愁解釋春光剩須破費酒

令詩籌　玉肌紅粉温柔更染盡天香未休今夜簪花他年第一玉殿東頭

又 三山歸途代白鷗見嘲

白鳥相迎相憐相笑滿面塵埃華髮蒼顔去時曾勸聞早歸來　而今豈是高懷爲千里蓴羮計哉好把移文從今日日讀取千回

又 辛酉生日前兩日夢一道士話長年之術夢中痛以理折之覺而賦八難之辭

莫鍊丹難黄河可塞金可成難休辟穀難吸風飲露長

忍飢難　勸君莫遠遊難何處有西王母難休采藥難人沉下土我上天難

河瀆神女城祠效花間體

芳草綠萋萋斷腸絶浦相思山頭人望翠雲旗蕙肴桂酒君歸　惆悵畫簷雙燕舞東風吹散靈雲香火冷殘簫鼓斜陽門外今古

武陵春春興

桃李風前多嫵媚楊柳更温柔喚取笙歌爛漫遊且莫

管閒愁　好趣晴時連夜賞雨便一春休艸艸盃盤不要收纔晚又扶頭

又

走去走來三百里五日以爲期六日歸時已是疑應是望多時　鞭箇馬兒歸去也心急馬行遲不免相煩喜鵲兒先報那人知

謁金門 無題

遮索月雲外金虵明滅翻樹啼鴉聲未徹雨聲驚落葉

寶炬成行嫌熱玉腕藕絲誰雪流水高山絃斷絕怒
蛙聲自咽

又

山吐月畫燭從教風滅一曲瑶琴纔聽徹金蕉三兩葉
驟雨微涼還熱似欠舞瓊歌雪近日醉鄉音問絕有
時清淚咽

又

歸去未風雨送春行李一枕離愁頭徹尾如何消遣是

遥想歸舟天際綠鬟瓏璁慵理好夢未成鶯喚起粉
香猶有殢

酒泉子 無題

流水無情潮到空城頭盡白離歌一曲怨殘陽斷續
東風官柳舞雕牆三十六宮花濺淚春聲何處說興亡
燕雙雙

霜天曉角 旅興

吳頭楚尾一棹人千里休說舊愁新恨長亭今如此

宦游吾倦矣玉人留我醉明日落花寒食得且住爲佳耳

又

莽山層碧掠岸西風急一葉軟紅深處不是利名客玉人還佇立綠窗生怨泣萬里衡陽歸恨先倩雁寄消息

點絳脣 留博山寺聞光風主人微恙而歸時春漲斷橋

隱隱輕雷雨聲不受春回護落梅如許吹盡牆邊去

春水無情礙斷溪南路憑誰訴寄聲傳語沒箇人知處

又

身後虛名古來不換生前醉青鞋自喜不踏長安市
竹外僧歸路指霜鍾寺孤鴻起丹青手裏剪破松江水

生查子 山行寄楊民瞻

昨宵醉裏行山吐三更月不見可憐人一夜頭如雪

今宵醉裏歸明月關山笛收拾錦囊詩要寄揚雄宅

又 民瞻見和再用韻

誰傾滄海珠簸弄千明月喚取酒邊來軟語裁春雪
人間無鳳凰空費穿雲笛醉裏却歸來松菊陶潛宅

又 有覓詞者為賦

去年燕子來繡户深深處花徑得泥歸都把琴書汚
今年燕子來誰聽呢喃語不見捲簾人一陣黄昏雨

又 獨遊西巖

溪邊照影行天在清溪底天上有行雲人在行雲裏
高歌誰和余空谷清音起非鬼亦非僊一曲桃花水

又

青山招不來偃蹇誰憐汝歲晚太寒生喚我溪邊住山頭明月來本在天高處夜夜入清溪聽讀離騷去

又

青山非不佳未解留儂住赤腳踏層冰爲愛青溪故朝來山鳥啼勸上山高處裁意不關渠自在尋詩去

又 簡吳子似縣尉

高人千丈崖太古儲冰雪六月火雲時一見森毛髮

俗人如盜泉照影成昏濁高處挂吾瓢不飲吾寧渴

又 和趙晉臣敷文春雪

浸天春雪來纔抵梅花半最愛雪邊人些些裁成亂雪兒偏解歌只要金盃滿誰道雪天寒翠袖闌干暖

又

梅子褪花時直與黄梅接煙雨幾曾開一春江裏活富貴使人忙也有閒時節莫作路旁花長教人看殺

又 題京口郡治塵表亭

悠悠萬世功矻矻當年苦魚自入深淵人自居平土紅日又西沉白浪長東去不是望金山我自思量禹

尋芳艸 嘲陳莘叟憶内

有得許多淚更閒却許多鴛被枕頭兒放處都不是舊家時怎生睡　更也没書來那堪被雁兒調戲道無書却有書中意排幾箇人人字

阮郎歸 耒陽道中為張處父推官賦

山前燈火欲黄昏山頭來去雲鷓鴣聲裏數家村瀟湘

逢故人　揮羽扇整綸巾少年鞍馬塵如今憔悴賦招魂儒冠多誤身

昭君怨　豫章寄張守定叟

長記瀟湘秋晚歌舞橘洲人散走馬月明中折芙蓉今日西山南浦畫棟朱簾雲雨風景不爭多奈愁何

又　送晁楚老遊荆門

夜雨剪殘春韭明日重斟別酒君去問曹瞞好公安試看如今白髮卻爲中年離別風雨正崔嵬早歸來

又

人面不如花面花到開時重見獨倚小闌干許多山

落花西風時候人共青山都瘦說到夢陽臺幾曾來

烏夜啼 山行約范先之不至

江頭醉倒山公月明中記得昨宵歸路笑兒童 溪欲

轉山已斷兩三松一段可憐風月欠詩翁

又 先之見和復用韻

人言我不如公酒盃中更把平生湖海問兒童 千尺

蔓雲葉亂縈長松却笑一身纏繞似衰翁

又

晚花露葉風條燕燕高行過長廊西畔小紅橋　歌再唱人再舞酒纔消更把一盃重勸摘櫻桃

一絡索　閨思

羞見鑑鸞孤却倩人梳掠一春長是為花愁甚夜夜東風惡　行遶翠簾珠箔錦牋誰記玉觴淚滿却停觴怕酒似郎情薄

又 信守王道夫席上用達夫賦金林檎韻

錦帳如雲處高不知重數夜深銀燭淚成行算都把心期付莫待燕飛泥污問花花訴不知花定有情無似却怕新詞妒

如夢令 賦梁燕

燕子幾曾歸去只在翠巖深處重到畫梁間誰與舊巢為主深許深許聞道鳳凰來住

憶王孫 秋江送別 集古句

登山流水送將歸悲莫悲兮生别離不用登臨怨落暉

昔人非惟有年年秋雁飛

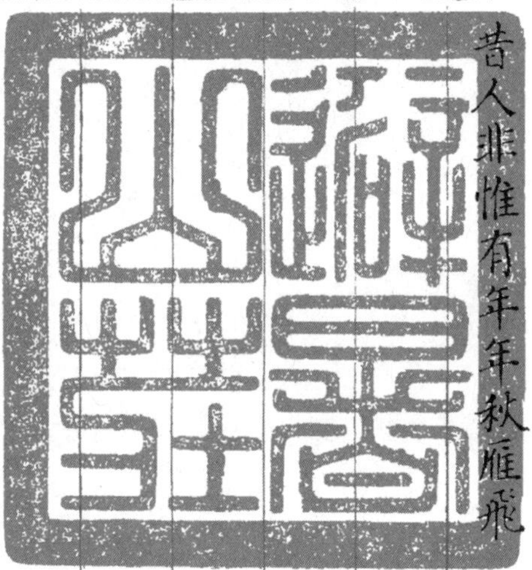

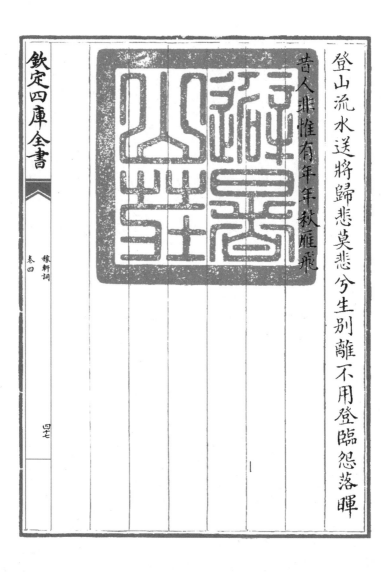

稼軒詞卷四